盛夏的事

林俊穎

上海文艺出版社

目录

蜂巢

佛灭之日 　　　　　　　　003

解放之日 　　　　　　　　006

有窗景的办公室 　　　　　009

理想的波士 　　　　　　　012

恶女的条件 　　　　　　　015

顶尖对决 　　　　　　　　018

Y 的悲剧 　　　　　　　　021

宵待草 　　　　　　　　　025

星散 　　　　　　　　　　028

斗 　　　　　　　　　　　031

恍惚的人 　　　　　　　　034

小虾米的故事 　　　　　　037

大仓库追忆录 　　　　　　040

伤害 　　　　　　　　　　043

春风恋情 　　　　　　　　046

波士家的晚宴　　　　　　　　　049

痴人方舟　　　　　　　　　　052

秋日和　　　　　　　　　　　055

往昔的黄砖路　　　　　　　　058

滚石不生苔　　　　　　　　　061

野地的兽　　　　　　　　　　064

敌人 听来的故事1　　　　　　067

儿子 听来的故事2　　　　　　070

畸人 听来的故事3　　　　　　073

老人　　　　　　　　　　　　076

长了翅膀的蛇　　　　　　　　079

天使　　　　　　　　　　　　082

美丽新世界　　　　　　　　　085

夏天的合音

条直之人　　　　　　　　　　093

笨蛋老实人　　　　　　　　　096

大街上的饼店　　　　　　　　099

饼店之夏　　　　　　　　　　102

家春秋　　　　　　　　　　　105

软饭与神宠　　　　　　　　　108

父亲的白衬衫	111
两个父亲的台北城	114
遥远的长夏	119
阿姨	122
旧厝岁月	125
衣弃	129

大城小镇

门房	135
公园大道	138
星沉地底	141
西城故事	144
中央公园	147
一粟上班族	150
发达盛	153
飘零	156
美梦	159
高马美人	162
华盛顿广场	167
梦中的书房	171
原子人与他的虚空	175

散步大武　　　　　　　　　　179
美丽的天空下　　　　　　　　183

所在都有

我在高地悬壶中　　　　　　　203
曾经有个田教授　　　　　　　207
咳废 café　　　　　　　　　　211
旧屑边　　　　　　　　　　　215
最近的异境　　　　　　　　　219
来去纵谷　　　　　　　　　　223
故人的影　　　　　　　　　　227
拙劣的伤逝　　　　　　　　　232
非公寓导游　　　　　　　　　237
楼顶的野草　　　　　　　　　241
走在小京都　　　　　　　　　245
最后　　　　　　　　　　　　249

宝变为石　　　　　　　　　　257
岛与岛之间琐记　　　　　　　263

盛夏的事 ○ 蜂巢

○ 本辑"蜂巢"及后两辑"夏天的合音"、"大城小镇",皆为作者在《时报》所写《三少四壮》专栏中的文章。专栏从2012年5月开始,为期一年,共55篇。——编者注,下同

佛灭之日

路是为了回头而铺的,没有一个人走到终点。

——黄晳暎《悠悠家园》

白领工蚁十三年后,中央空调的办公大楼依然没有寒暑感,那一天如同之前无数个工作日,又是一个只有例行工序消磨时间的平淡日子。

我通常是第一批早到的鸟儿,入口传感器读了员工卡,很久很久以前觉得是阿里巴巴的宝藏秘门、玻璃门打开,空气阴凉,睡了一晚的机器、文具、影印纸、盆栽、化纤地毯,确实如同古墓的殉葬品,恍惚有灵,而隔板规划出一格一格的工作空间,又像是训练白老鼠的迷宫。我无耻地妄想过中子战后的末日早晨,游魂归来,一人得以霸占整层空间,骑独轮车,放风筝,充满了无人的喜悦;落地窗下眺一长排云龙般美丽的樟、栾树树冠,自南徂北。

两个月前,我桀傲的工作搭档嗅出已经没有转机了,机伶递上辞呈,那时我还不了解"专业者只有自行转换跑道,没有留下来被砍头的"与"革命者只有被杀,没有自杀的"两者的差别。整整一年了，办公室弥漫着一股窒闷，显得死气沉沉，所谓总监的位子悬缺很久了，旧客户不送新案子，新客户引不进来。从口水有血丝到吐出一只鹅的谣言每个月进展。剧本一，虽然是老字号的跨国公司，但总部大头们见了区域财务报表连续几年营收溜滑梯，心里动摇了，唯一时还找不到买主也还不能决定抛售的价码。剧本二，水流湿，火就燥，对岸两地正兴旺，商人唯利是图的决策，果然准备迁往冒险家大乐园去，正在京沪港进行评估、前置作业，树迁猢狲散的日子不远了。剧本三、四、五……我们的生产力与创意有了出口。

　　我父亲彼辈近乎道德洁癖的工作伦理是一日不作，一日不薪，不作而领薪是为贼。他总以日语"泥棒"强化语气。我与工作搭档那段时日正是两条快乐的泥棒，没有工作不是我们的错，两人遂寻宝般吃遍了周围每一家商业午餐，饭后长长漫游，自以为是两块大磁铁吸收了沿途这城市的灵光铁片零件，收藏以待来日大用。

　　但突然一声霹雳，掉下了新任总监。搭档火速打了几通电话摸清了她的底，找出一本年鉴，指着新总监的代表作，一张修图的大水管平均对分，一半水流一半哗哗啦钱币，不屑哼道，这老梗也叫创意，凭那半世纪前的埃及艳后发型来监督指导我吗？干。在那倾轧之必要、批斗之必要、竞争之必要，因此互相鄙视仇视之必要、一点点暴力与羞辱之必要的钢骨水泥丛林，他或想点醒我的律条是，一朝天子一朝臣，办公室没有不可被取代的职位，关系决定一切，我们既然在她的人际网络最外沿，不是旧识或心腹，要存活下去的两条路，附势上去表态效忠，或者自行滚蛋让出位子避免受辱，走向自己的光明。

一切，蜗角蚊睫的可怜又可耻的斗争。我们甚至比不上梭罗于瓦尔登湖旁记录了红黑两只蚂蚁大军的决死之战，无论死伤，光明磊落。

"与其给我爱、金钱或名誉，不如给我真理。"真理是，白领工蚁十三年，我平均不到两年便移枝别栖一次，视职场的游戏规则如粪土，自然被反视为粪土的机率逐年增加。因为土象星座作祟，当我还犹豫着是否也再次递辞呈，还庸人自扰着工作、薪水的意义是什么？那早晨我在走道遇见埃及艳后头皮笑肉不笑的向我打招呼，本雅明的书名变形如一尾响尾蛇昂首咬了我一口，"发达资本主义时代的人啊"。下午，我接到了生平第一道资遣令。

解放之日

借用陈映真《万商帝君》的讥刺谐音，那昏沉的下午，总"马内夹"（经理）电召我到他方位采光绝佳的办公室，有一套设计名师线条简洁的桌椅陈设，最宜观赏夏日雷雨。据说他才去了太平洋观光小岛玩海底摄影度假归来，正值壮年的总马内夹是张爱玲形容佟振保的，即便衣服肘弯的皱纹也"皱得像笑纹"，却不愿或不敢抬头直视我，只说了句："我觉得你还是不适合。"文明地取代了"你被解雇了。"

我不反驳，不争辩，即使最起码的为什么也不问，自然也没有《推销员之死》老威利之戏剧化悲愤，"你不能吃了橘子就扔了皮，人可不是水果，"我心底冷笑，"一年了，你才认为我不适合？"

前后不超过两分钟，我起身要走，总马内夹才也起身与我惯性的握手。我去洗了手，随即新任总监埃及艳后头扮白脸上场，她的办公室面积小多了，风格走亲和路线；一交手她便知道了我没有泼硫酸或拿枪扫射的威胁性，虚张声势的开心朗声："你早说嘛。"

回到我蜂巢般的工作隔间，着手收拾自己的私人对象，所幸只有一个马克杯、几本书、一把牙刷一管牙膏、一件抗冷气的外套是真正属于我的私产，其余因为工作衍生且累积的文件数据都可以资源回收处理，一扔了事。十几年的好习惯，我始终将办公桌与下班后私领域的交集保持在最低限度，我喜欢好莱坞电影常见的来去办公室皆一硬纸箱的简便无罣碍。我钦佩女同事以小盆栽干燥花、印度织布靠枕、填充布偶、化妆品零食、偶像海报亲人照片将一几隔板空间装置得一如居家。

人与现代生产组织的关系，我服膺如此逻辑，生灭的是人，恒在的是位子；淘汰流动不是悲欢离合，体制的健康（永生？）大于个人的感伤（必死？），秩序必定是美德。或者，至今依然令我玩味也莞尔的还是陈映真不免天真嫌疑的句子："上班，是一个多大的骗局，一点点可笑的生活的保障感折杀多少才人志士啊。"因为只消替换几个关键词，马上逆转成为正面表述："造就多少才人志士啊。"

为什么得上班？或者我应该彻底反省的是，有此一问者究竟间在想什么？职场十几年我老是间歇发作如同疟疾的发寒热。我就是那刻舟求剑的愚人吧？十九世纪中叶，二十八岁的亨利·梭罗在瓦尔登湖边盖自己的房子，总计材料费花了二十七点九四美元，之后他更结论一年只需工作六周就足以得到生活所需，支撑他以自由、独立的状态从事一己志业。亦即心智澄净的梭罗确实执行了生活与物质的减法至最低限度，得以拒绝做谋生与薪水的工奴，大不了吃吃土拨鼠肉。

那么，心不在焉的职场"泥棒"如我终于被解雇，岂不是合理、正当的吗？天行健般的体制机器岂容许一个只愿一年工作六周、"食碗内，看碗外"的无忠诚者？

　　最后一次的下班时刻，等电梯时遇到公司的包打听，幸灾乐祸对着我奸笑得如一头卡通猫，我木木看着他却说不出口，你才是这职场的蛆！然而步出那"每个上班族心中都有一座华盛顿大楼"，眼前林荫大道如层积云，其上是城市的光害才开始，如同脱了网的鱼，我感到那沛然的自由大海令我一下子有些茫然。

有窗景的办公室

一九八八年,当哈里森·福特还不是福伯的电影《上班女郎》中,最后的一幕画龙点睛,从基层爬升成功、爱情事业双双告捷的女主角,得到了一间有大玻璃窗的专属办公室供她献身继续打拼。然而镜头戏谑拉远,卡莉·赛门有如启示般唱着"让河水奔流",美梦正酣,我们跟着起飞,看清了那毕竟是如同巨大蜂巢的办公大楼无数细格中的微小一个。

我们之中,那个是聪慧的,那个是愚笨的,谁配得到一个呢?当然,我们都知道,有窗景的专属办公室是体系赏赐、酬谢起码马内夹以上的经营者与老板,虽然没有朝仪,没有官服,没有御林军,却是职场专职分工也是权利位阶的具象化,绝对不是抽签或轮流可得。如同那句俏皮警语,"真爱如鬼,人人都有话说,见到(得到)的没几个。"

陈映真小说《上班族的一日》,折射着主角职位抢夺之内心怨毒,有几段商办大楼街景的文字深具临场感与压力,"栉比而来的车子、穿梭其间的机车、潮水似的人的流徙,在林立的、静默的、披浴着盛夏的日光的高楼巨厦……都仿佛皆以窗为银幕,无声地、生动地、细致地上演着。"

　　一般上班族被隔板与中央空调圈养在建物中间，头顶上一排日光灯管雪亮。这或者是颠倒了十八世纪边沁的环形监狱设计？边沁的理念是核心一座塔楼，环绕它辐射出去是一圈前后有窗的低矮的单人囚房，因此便于完全监督、控管；福柯说那就是"规训与惩罚"的实践。核心的塔楼来到现代轻易的被针孔、隐藏式摄影机取代，全天候录下的影像更可以无限期保存，配置与形式遂转化为马内夹与老板们的窗景办公室，我们寄生在隔板内，虽不至于像《漂亮水手》比利·巴德所处的"不屈号"炮舰住舱甲板的逼仄，一日日圈养惯了，各安其位，望向走道那头几扇门，想象其后的风光，各自必定暗暗有了"彼可取而代之"、"大丈夫当如是也"的妄念吧。

　　《上班女郎》展示的是职场灰姑娘的晋升术，或者只是一场幻术吧，她一步步复制上司亦导师的OL发型、穿着风格，将自己嵌入规范里，踏出了成功的第一里路。幸好我们没那么天真，但从隔板间到窗景办公室究竟有多远？女主角的闺蜜说了一句俏皮却醒世的实话，"有时我也会只穿内衣在卧室跳舞，但那不会让我变成麦当娜。"

　　最快速的自然是蒙老板召见，肾上腺素刺激下，我们鱼贯走进不二门，一次有效率的会议，得到了策略性指示，大家都高兴，仿佛到了祭坛前领了圣体，灵魂新了一新。

　　也是一个脑袋浑沌的下午，只有我被叫进去，无关工作、情报或个人奖惩，事业正在巅峰的老板闲聊他才看了一个颇有大师架式的欧洲新导演的电影，我答也喜欢，他欣慰点头，霸气地自得地坐在那仿路易十四宫庭风格的真皮座椅，提起了片中那个非写实高悬海天的乳房镜头。这是他的艺文休闲时间吧，需要一个附和者。我讷讷接不上话，想象这样私密空间一对一的机遇在电影不正是翻身的关键，但我只觉得如坐针毡，误闯一个非我族类、磁场失灵的空间。我注意到如同宽弧银幕的落地窗外，美化大楼的壁灯已经煌煌亮了，高大樟树轻晃如同浪尖，我做梦般听到底下是东河或哈德逊河流着，歌声汹涌，"让河水奔流，让梦想者唤醒这个国，银色城市起来吧，看晨光照亮迎接它的街道。"

我是那么迷惘地觉得自己跌入了一个希望的深渊。

理想的波士

港星许冠英翻唱过一首英文老歌 Sunny 为《波士》，又讥诮又世故又酸溜溜的市井蓝白领心态，"佢只要钟意，做乜也可以，只要支票上识签纸，做波士，真轻松，确写意，确写意。"无关左派右派，浅薄如我们看来，老板是哈哈镜里扭曲的形象，可以合法又理直气壮炫富的有闲阶级。

那时候，我们共有三加一个波士。附加的一个，据考证是半途加入结盟，因为年长一轮，锋芒倒了，笑眯眯的好好先生如同慈祥的祖父。我们都无异议的喜欢他，言必尊称先生，不忍取他绰号。我们之所以喜欢他无非是势利眼，明了他有名无实，不在决策圈，不会与我们有职权冲突。套句流行语，他是我们隔板圈的小确幸（真令人厌烦的流行语）题材。

真正的三波士得从一张旧照片说起，初入职场、瘦如螳螂、脸上还冒着青春痘的菜鸟，一身白衬衫尼龙西装裤，持帚扫地，被摄影者一叫，偶一抬头便留下那朴实、诚恳、努力的永恒影像。让每个隔板圈的人都感动了，那个只要认真打拼明天会更好的时代哪里去了？来日这一张照片将是他们成为神话的第一页。三波士与我们同代人，前段班与后段班的只差了六七岁，在升学体系屡试屡败，早早服完兵役，祸福相倚搭上了彼时经济起飞的特快车，顺利也算是及早取得了第一桶金。关于三波士的第一桶金，怎么看都像是意外惊喜，古人曰天赐。无人预知于某个神秘的历史时刻，当集体财富累积到了某个临界点，对某些财货如轿车、不动产的需求有如疯狗浪打上岸？

我们非常不服气、好吧还是酸溜溜的认为，三波士基本上秉持了传统的困勉、打拼与硬颈，然而时也命也比诸专业素养、才学扮演了更重要的成功因素吧。善于教科书与考试的我们终于做了隔板圈工蚁，回头看，当三波士持帚扫地食苦当食补时，我们正忙于梦想着做地球村、跨国企业的子民，苦恼着或西行或东渡取经去，大口吞咽着譬如刚崛起的名牌消费的种种亚知识或 MBA 的新神话，如此起跑点或选择的分歧，"流泪播种的，必欢欣收割"，谁当波士谁做工蚁，因果分明，一点不冤枉。

我们唯一信仰不摧的是，"知识就是财富，知识就是力量"——何其熟悉那不正是"书中自有黄金屋、颜如玉"的腐儒说词吗？——却是我们换波士或翻身的凭借。因此一周五天，每日例行放风时段，午餐时间也是我们以波士下饭，用着最时髦的词汇消遣之，苛薄之，践踏之，批评波士从衣着家具到女人的可怕品味、买艺术品文化美容的低劣手法、看似节俭其实悭吝不大气的习性，更重要的是不知今夕何夕，落伍的营销观念、令人傻眼的决策质量。我们借此获得完美的精神胜利，好快乐的身心饱足。

隔板圈元老L不放过每一只新进工蚁，总追问面谈时是如何与波士议定薪水的？她大眼大嘴保有一种学生式的天真，承认自己在这上头的致命弱点，拉不下脸谈价码，捍卫自身的尊严与价值，她分析自己的情意结，"我希望是老板主动赏识我。"

我不怀好意的笑了。赏识，欣赏与鉴识，多么古典的语汇。我在心里画外音：别傻了，我们这样的工蚁，他征人启事一登，履历投来就是几百封，优点、缺点全都一模一样，各自的差异几公厘，在我们的生产价值尚未验证之前，"餐餐都鲍翅又吃寿司，搵钱多古怪又有律师"的波士想的是先赏我们一口饭吃再看看吧。

我的犬儒与L的赏识论必然也皆是前现代的渣滓。

恶女的条件

K不着痕迹的塞给我一张纸条,怵目的两个字"屎蛆"。我一时会意不过来,他眼神向隔板圈角落的B一飘,我了解了却无话可接,但沉默即是认同的力量更具体。K得意极了这信鄙达兼具的翻译创意。

隔板圈没有人喜欢B,不是我们孤立她,而是她视我们为假想敌,每一天都是悲壮的战斗。有我无你无他的职场竞争铁律,见鬼杀鬼,见佛灭佛,她信守;不论饼做得多大,这是一场具有排他性的货币争夺战。她惯性的在波士前低头,低到尘埃里,以示忠诚,然后以鼻孔看人的回到隔板圈。检讨会议上,上意敲敲头顶,她脚底板如斯响应赞英明。牺牲同事的享受,享受波士的享受,是为最高原则。作为一个资深工蚁,她自以为是一匹独来独往的狼,瞧不起我们羊群般三不五时挤在一起取暖,软语傻笑。对于波士的新宠,她冷笑,"当然了,一见老板两腿就张开开。"

我加入隔板圈的第一天,她得知我的年龄,曹七巧式以眼白打量我一眼,视我为一张回收影印纸鄙夷地往地上扔。

尤金·扎米亚金的反乌托邦小说《我们》,未来的联众国不再有姓氏名字，一人一组英文字母加数字的代码，便于格式化完全集中统一管理。隔板圈一人一格如蜂巢的空间，吻合了这样的想象。我私以为每一格譬如一抽屉存放一种人格类型，体质适合且愿意留下的自然寄生得愉快，而庸众里有胆识、敢言行于所不当言行的必然有破格而出的日子。更多时候，这体制这组织确实有一只看不见的手驱促我们为自己努力、卖力，每一只工蚁体内内建了证明自己存在意义的机制，是以隔板联众国自有一种无需恐怖的平衡。

阿兰·图海纳之书《我们能否共同生存》，他的理想是于差异中寻求平等，于平等中创造差异。或者不能的关键是，我们的存在随时提醒了B不论怎样挣扎奋进，毕竟是同条生同条死的另一只工蚁。因为每一月每一季的过去，没有奇迹发生，没有爆破的戏剧化，阶层的爬升需要的不只是一厢情愿的努力，没有人是不可取代的，所以我们需要好莱坞的鸦片，即便是与魔鬼交易的俗烂故事。

每天早上九点前，B眼睛顶到额头走进她的位子，经过我们如同一只浮露背鳍的鲨。

有一日当B不再出现，我们才拼图般知道真相。某天午餐时间，假想敌之一撞见了B与波士的敌手一起。背叛的本质不仅关乎形而上的忠贞，更是利益的保卫。假想敌与另一办公大楼的某只工蚁合作，采集到了B的通敌物证，一举告发、终结了B，大快人心。

没有了B，空调特别清新，气氛特别柔和，我们懵然不觉这一场代为清君侧的行动有任何立威警告的意味。递补的新人香扇坠子般丝毫不具杀伤力，一点点委屈与不遂就古装佳人的掉泪。我们尴尬中不免一丝怀念起 B 激发的战斗力。

屎蛆不死，亦不凋零，如同野草，随风远扬，不择地皆可生根。

关于屎蛆，谁能比斯蒂芬·金的说词更为掷地有声？在他小说改编的电影《热泪伤痕》中，女主角桃乐丝是这样的："有时为了生存你得做只狰狞的母狗。有时只有做只母狗，女人才能撑住活下去。"比较温厚自省的则是《危险疗程》里，荣格对情人萨宾娜的沙猪自辩："有时你得做些不可原谅的事，只为了能够活下去。"

顶尖对决

传说是这样开始的，古早古早，"北溟有鱼，其名为鲲，鲲之大，不知其几千里也。"顺洋流游到黑水沟，徘徊不去，化为鲲岛。又过了不知多少的日升月沉，鲲岛之北的地壳剧烈运动挤压，竟将海底火山拱出海面与鲲岛结为一体，几次爆发的岩浆成就了山脉，也堰塞成了湖。山水既成，再历几次改朝换代，之后就是现代人假开发之名行肆虐之实。

那年从五月到秋末，我们分好几梯次与业务、摄影师乘车之字行上到高山上踏查那一块野地，沿途经过两三座又似国防基地又似堡垒的别墅，尚未成雪的芒草丛偶尔一棵雷击过无叶唯干的大树，路程非常荒僻。剃了大光头的摄影师指引，我们才辨识了方位，看见东北角一瓢海域，遍山莽绿，太阳荒荒照着，像是来自另外一个宇宙。精明的业务拨开比他高的野草，啐了一口口水，瞧，东北季风一刮包准冷得叽叽叫。

我望空想象着棱线之后两条河水的古老航道，得以出海。那一段时日，办公室笼罩着一股神秘的亢奋，事关业务机密，不可说。波士、总马内夹的房间如同笔记小说的狐鬼夜宴，彻夜灯火通明，烟雾蒸腾，门一开，几只西装雄性结伴快步去上厕所。

我们终于知道了他们的新标的、新战场，新梦想、新野心，每释放出一条消息到隔板圈，我们就像七月半的鸭子呱呱叫了起来。天价敦请国际级大师出手设计，荒山顶将是幽浮降落般的建筑体；每户总价将创历史新高；完全使用第一级进口建材；每户室内设计客制化，亦是有请国际级大师。传说我们都下班了的某夜，几个高贵的金发白人工作团队如奥林匹斯山的神祇下凡来到办公室，天亮搭机离去犹如昙花开一夜。

如此传说，一如迷幻药。

博大不博小，我们受了激励，那段时日特别卖力用功，买来昂贵的原文图册自我充电，舍不得下班，且期待第二天快点到来，自觉效忠于一个光荣伟大的志业，好希望这样的日子蝉联下去。不同的部门，不同的思考逻辑，当业务开始说"炒"一个大案取代做一个大案，我们就应该敏感听出来风向转了。

后知后觉的我们只期待每一次的上山之行仿佛郊游，那旷远的天空便是秋天的意思，当真山顶夷平了一大块，搭起了纯白流线型的接待中心，户外架高的步道是响屧廊，待到下午日头偏西，我坐在落地窗里依恋那太阳的热力，但来自海上转强的风势渗进窗缝有了啾啾鬼声，令人一惊。

英谚，太美好了就不真实。经验会说话，素有贪婪美名的鲲岛自然不放过每一次炒热市场，创造需求的集体行动，也是一场"大富翁"的赛局，考验参赛者的胆识、眼光与智商，底牌则是"谁是接到最后一棒的笨蛋？"迷人的关键是每个参赛者都以为身后起码还有一位接棒者。因此，我总偷看大光头摄影师开车上山途中，豹眼般猎取两旁新冒出的旗帜广告牌代表了新投入的参赛者，他嘴角扬起耐人寻味的笑意。

上山之旅不再有了，神秘的亢奋如烟消逝了。虽然我们的工作照常进行，但那曾经带动我们的列车，承诺一趟穿越盛世花事之华丽旅程的车头炉心渐渐熄火了。我们必须识相的假装遗忘。

若干年后，当报章又出现"庞氏骗局"、"黑色郁金香"的字词，我很想打个电话给摄影师找他上山去，证实那永劫回归的故事不是我编造的一个梦，不是一个鲲岛的寓言。

Y 的悲剧

Y 癌逝整整八年了。才成新鬼时，也是 Y 隶属的信仰小团体的成员好心告诉我，心灵导师解密安慰他们，她没有耽搁，经过旋转门般已经转世降生欧洲的好人家。我不满意，追问，欧洲那么大。英国，朋友答得谨慎，仿佛怕泄露天机。

我几乎要讥诮问，是那在一九八〇年代有个摇滚歌手辛迪·劳帕唱红"女孩就是要玩乐（Girls just want to have fun）"的英国？

Y 治癌的那两年，也是我被驱逐出隔板圈而不得不勉力做个看似走在时代尖端的所谓新游牧族、自由工作者，更多时候是茧居族，心志彷徨时，眼睛离开书本看着窗外的天空。总是这种时候接到 Y 的电话，想来是服了药午寐后精力稍足，她小女生般清轻的音质问，最近好吗？略过对自身病体的怜悯、治疗过程的骇怖，她努力要分享与我的是经由佛法对生命的领悟，对死亡的温和正视，她不烦乱不颠倒梦想的虚心等待着。甚且不无欢喜的说，请到了一幅大得覆壁的曼陀罗挂轴，她日日拜忏；服用的药也都经过上师加持。

有了这样的指引与支撑，她自信还有一长段路要走。

她口齿不清的说着对佛法的体悟，包括一些玄妙的超验推论或事迹，结论是轮回太苦太苦了。她说，医生很惊讶以她的状况居然还能那样活着，超出了医学的经验。她非常平淡的语气说，已经准备好了，随时可以走，没有遗憾，自己毕竟是幸运的，延宕那最后的时刻得以多陪陪一对未成年的儿女。

真的是这样？我看着住处的几道门、几面窗，听筒里的言语何其抽象，我几乎要恼怒了。视死如归？恐怕比较像手上握着登机证吧，然而广播说班机延误了，非常抱歉，敬请耐心等候，谢谢你的合作。

宗教不是避难所，不是赎罪券，不是临终之眼回头一望的踏脚石。我个人倾向的解释是在暗黑路上，有幸获得的光源。但是，因信称义，你必须先信了。

屋子前后窗户洞开，偶尔穿越的风爽飒如流水，我想她是在危崖边等待信号便要一跃跳下，破水潜入另一度空间。

有次我们约在她住家巷口的公园见面，骤雨后大树下的木桌椅、涤净的空气，清新可喜。天上疾走的飞云急着酝酿下一场雨。她更加的黑瘦枯干，一身衣裙邋邋的挂着。癌细胞蚕食着她。我们的谈话不着边际。那是寻常的上班日、营业日，我们却像《等待戈多》里的两人坐在小区公园。不免自嘲，真是两只不事生产的衰鬼。

人之常情，Y 显然仍有悬念，一再提到精通四柱八字的长者给的批注，"你是做大事的人。"而实践的必要条件，时间、寿命。《迷宫中的将军》这样写，"留给他的时间，勉强够他走到墓地。"我是个好聆听者，不诘问不插话，不干扰使她分心。

套句广告词，大事有两种，成功的失败的，皆大欢喜或一人包揽苦果与骂名。在我还在上班黑洞,心力不许有所旁骛时,曾经是我的老同事也是 Y 的第三方告诉了我 Y 的事(闯的祸?),就在工作与运气顺风顺水时,如同历来被允为经济奇迹先锋,那些带着一只 OO 七走闯世界的中小企业主,她决定创业。老同事客观下结论,她把事情想得太容易了也太美了。募集的资金很快烧光,业绩与利润挂零,留下的烂摊子自是贴满盟友愤怒怨责的大字报。老同事感叹,明明是只能安分当幕僚的机月同梁,偏偏找死去做杀破狼,不衰才怪。

　　昆德拉喜欢的俗谚,只发生过一次的事等于没发生过。那一年,我亲眼看着 Y 继续拼搏但屡败屡起的下半场,她兴奋中只简单说了,又有了新的局,新的组合,新的作法。我始终未能置一词,虽然好奇但也没问过,那上一个呢?又不是年节玩麻将,一局完了,推翻再起一局。终于,一个阴晦傍晚,她找我到一家连锁咖啡馆,流泪承认彻底失败了。这次,唯一的出资者一夕间抽走银根,清光办公室,她完全孤立无援了。讲究情调,爵士乐与暗影如同蝶群的咖啡馆,外面是下班放学的人潮鞋底挟泥沙滔滔而过,我说不出安慰的话,因为彼时我亦是处处点金成石的衰人。

　　我们是否因为衰运的频率吻合,同在浮花浪蕊都尽的境遇,因而相濡以沫般的理解彼此、温暖彼此?其后稀有几次听到人们谈起 Y,我总缄默听着,关于她的落败、难堪与错到底的处理风格,我像听着一张满是刮痕的黑胶唱片。我相信她是如同我的老师之为人,一生不辩白,因为辩白形同告解有诿过之嫌。何况,她的工作与事业早预言了她的病体。但我并不天真以为，死亡注销一切。她留下的负债永远是负债，债主不会原谅她。

但愿如此。

那个初夏，接到消息，我去医院探视Y最后一面，她头发剪短而稀薄，身罩医院的单薄袍子，抵抗不了癌细胞肆虐，无声掉着大滴的眼泪，伸手与我一握做最后的道别。或者因为去年底才送走也是癌逝的父亲，我抵抗着不愿有任何情绪，随俗只能说句多余的"保重"。脑中闪电般浮现并不很久以前，我们走在红砖道，她为了一个案子的想法成熟了而雀跃竟挥起了拳头，如同攫住了满掌成功的浆果。

狄更斯《双城记》的结语，"我现在做的远比我所做过的一切都美好；我将获得的休息远比我所知道的一切都甜蜜。"

唯愿Y如此。

宵待草

昔日的工作搭档约我午餐后在闹区一家百货公司地下街的咖啡馆见面。

这是我们的默契,每间距一长段时日仿佛两只蚂蚁以触须摩挲验证彼此的存在。独沽一味在最计较时潮、新知与身段的行业一待十几年,练成了观风向的本领(基本功?),绝不坐等美其名是遣散其实是除名的羞辱,他灵巧地早我一步辞职离开。一年半后,原公司在并购整合的饥饿游戏里仅剩下一个历史名词。他依然消息灵通,掌握了诸多人的新落脚处,一一分析他们是转进翻身或是下坡消沉还是维持平盘,我们没有白头宫女之慨,他也并没有宽慰我"早走一步晚走一步,反正结局大家都走了"的意思。我取笑自己,内心兀自念着,"同运的樱花,尽管飞扬的去吧,我随后就来,大家都一样。"

毕竟是首府的闹区下午,感受不到景气的低迷,但确实看得出来人口高龄化之后,退休族老人潮在卖场咖啡馆汹涌,日之夕矣奈乐何,而煮咖啡、做轻食、接待点餐的打工族相对年轻锐利,动作一如锋刃。我们混迹其中,难免有没志气的嫌疑。搭档有随时手卷一本财经杂志的习惯,不再依附任何公司行号,刚开始他很有一份谋定而后动的锐气,工作机会不是没有,京沪广深巡回了几趟,蹲点、出手了几次,效果不错,但他很难跟我这冥顽的职场陀螺讲清楚他取舍的评估量表是什么,妻儿更不是羁绊。面对快速崛起而巨大如摩斯拉的彼岸市场,他必得谨慎地调整配备包括姿态、心理,包括放大衡量一切的分母为十三亿的规模?或者只是以退为进以赢得更多的谈判策略?当然,他可以一口气举出十个同业未曾想过如此快速攀爬高峰的得意例子,再一口气举出十个惨遭淘汰成为盲流的实证,他宁愿相信世界是平的,决定就大胆西进,否则就留着当一滩死水别抱怨。然而,凭憨胆往前冲的好日子过去了,"局势没那么简单。"他的结论。我犹豫着想问,你是在等待最好的时机与位子吗?

所幸搭档有所恃,老婆是理财高手,他买卖股票、基金、外币,还未失手过,遂过着田园牧歌式的自由日子,却也是如同冬天炉火边的摇椅最是软化男人的雄心吧。

我跟着他去接放学的儿子,见识了涌出的小学生拖着滑轮书包,一脸臭烘烘好像业务繁重的企业执行长。他领着我进出一些住商混合的中古大楼,探访秘密结社的神隐店家,以贩卖稀有嗜好或通关术语的小众感性商品,譬如类型读物的模型,以三国、西洋棋、机会与命运为雏型而变种的纸牌棋盘或角色扮演游戏,创造拜物灵光的古怪玩具。小店里的人仿佛深海鱼有着畏光、厌恶接触、言语笨拙的自闭人格。我忖度搭档是善意要指引我一条明路,或者我那无用的写小说技能可以转移来此游乐基地,换一张版税支票。我心中感激，却也无从坦白这些于我都是另一个世界，我乐于观看，但毫无兴趣加入。

渐渐的我又期待又害怕接到拍文件的电话，那表示他仍杵在待业的流沙中。漫长的等待，足以将心风化为石砾。雷曼兄弟引发的金融风暴刮过了，约见那日，我似乎闻到他浑身枯叶萧索的味道。他慈父地讲起上初中的儿子，这些年在他亦步亦趋的陪伴督促下，打下了多种才艺基础，愈来愈有自信与神采。所以，还是那古老的教训，孩子的成长只有一次，千金不换，他当初做对了选择。

我觉得搭档的际遇或是本岛过去十年一个微缩般启示，其实并不坏。香港的黄碧云写过一篇佻达《衰郎颂》，酸辣批注由盛入弱为之衰，"在竞争恶局中成为失败者，此衰恍如亡世。"衰是历史也是个人的必然与循环，我们却都不愿懂得衰之美，缺乏勇气接受。

在盛年求光彩胜利、求上进攻顶，理所当然，然而太早离开竞技场，无论什么理由，体制大神无私地就是一掌打入衰败区。我们固然辩驳，这是个人的选择，其后各自承担，但与搭档一起时，我总觉得是与城市荒地的芜杂野草一同，阴翳随侍在侧，头顶上捷运列车来去轻快呼啸，路树里有落单的鸟微弱鸣叫，守着一方地摊的自雇者歪颓着打瞌睡，日光打斜、偏黄。

如同将镜头拉长，光圈缩小，景框纳入更多的琐细杂质，我想这是等待与背向群体的本质。

星散

　　与高雄相同纬度的深圳，夏天起步快，太阳特别凶悍，多年不见的 W 说他每一季返台省亲再返工的路线，出了赤腊角机场换走南中国海，四十分钟的快艇海路到蛇口港上岸，司机一秒不误接过，数分钟车程后严丝合缝嵌回岗位。多年前夹挤在罗湖的人群漩涡、下一秒将灭顶被踩死的恐怖经验，至今想起来仍然令他悸怖成了心理障碍。W 已经懂得避开大众路线，找到另一种选择，快速抵达。那是一条快捷方式，唯登陆成功者知道。

　　如同登上旧大陆的外来种，不同的体制与游戏规则，不同的思考模式与术语，不同的位阶与权力关系，兑换成了全新的良性刺激，让 W 进化得既沉稳且干练，是河洛话的赞美，大范。

　　落地窗挡不住紫外线强盛的炎阳之气，W 呷着郁金香杯里的第二杯白酒，想来是他人生进阶后的新习惯。而老同事相逢的必然程序，便是补充那些当年如星球爆炸陨石般四散各自逃生之后的近况。"没消息就是好消息"，已经从年轻时的俏皮话转化为内心的暗暗祈祷，所幸我们也世故韧皮得不闪躲了，譬如纯孝的 A 在母亲猝逝后并发了严重的忧郁症，B 从鼻子病到脊椎，治了两年毫无起色，C 离婚了，

D 嫁得好在当少奶奶，E 下落不明。卡尔维诺写的："你知道你所能期望的，充其量不过是避免最坏的事发生。"而眼前好酒量的 W，眼神气色澄定。

那时候，我们共事的形同公家机关的某机构位于市郊山丘上，大仓库似的办公室，无有阶层分别，只有等因奉此的工序，准时上下班，最适宜安分等退休或心怀二志者。我早上走山丘后露水汤汤的水泥坡道，干涸排水沟旁杂树野草下是潦草的新兴小区，我想着《城堡》的土地测量员在雪夜眺望山头遭浓雾黑暗遮蔽的城堡，一边心虚地告诫自己，别再不知好歹了，静下心来，做自己想做的事吧。

我们都知道，一整个部门是因为 M 的"克里斯玛"而群聚在一层楼——呼群保义？别开玩笑了——在一切皆可商品化、无一不可营销的绞肉器大神之前，所谓专业与分工的事有多少是照养体制而不是照养人？M 阅人多矣，职场的假面与排场，一似塔罗牌大小两系统的交织、因差异摩擦冒出迷离烟雾，他习焉而深察，懂得狡狯以对，带领我们该敷衍时演戏，该交业绩时认真努力，不许有一丝缺口供其他部门攻击。我们喜欢他顽童般的暗语，"我们就来唱一出大戏。"无事时，他爱搬移盆栽晒太阳，持一只大碗咕嘟咕嘟喂水。但毕竟与总头头一次严重的争执而咆哮决裂了，翌日不再进办公室，我与 W 及其他人半年内也陆续辞职。

我之后疑心 M 是否一人自导自演了最后一场戏，因为阶段性任务已经完成，我们一群的剩余价值所剩无几，再淹留那怪兽机构中必然成为赘瘤，惹人嫌。M 壮士断腕地离开，为我们打开闭锁的链条、做了示范。那是领导者不落言诠的手腕与胆识吧。那是我能给他的最好的解释。

"许多年后"，我们在那机构的一切都成了泡沫，世事一如自动化的庞大机器一直往前，真正残留的是人与人之间遥远星光般的情谊。发展既然是硬道理，深圳想必多的是这样从荒地硬辟出来的楼盘、街廓、柏油路，新得如同模型，路树缅栀花曝晒得没有香气，几步之外的蛇口湾海天晃荡，大太阳照得水汽蒙蒙也好像大片场的布景。W 笑容灿烂与我道别，他当年第一次在此登岸，大约像是唐僧上灵山过了凌云渡踏上无底船，赫然水下一具流尸，那是脱胎换骨前昨天的旧的自己。

斗

如是我闻，K是这样说的。

据说三波士喜欢追忆他们的王朝在全盛时期编制内外共有一百五十位员工的兴旺，涟漪效应也可以说他们养了一百五十户家庭，说是"利用厚生"并不为过。盛极时自然就有了黄粱梦的顿悟吧，因此会计年度之后，三波士决定退居第二线，释出经营权给总马内夹甲哥。我们一早得到消息，好像蚁窝换了新的蚁后，惶惶地在隔板圈内乱转，互相琢磨要怎样与甲哥应对。

我们过虑了，没有布达仪式，没有同业送来恭贺花篮，没有庆祝酒摊，甲哥只是多了两个助理，乙哥丙妹，出入三人成行，从隔板圈前的甬道一阵风走过。我们不解的是，这样的排场没有气势，不足以骄人，为什么？

多年前初入职场的第一份工作，公司安排综合了英日风格绅士派头的董事为我们上了一堂礼仪形象课，在那个一部进口房车还比一间公寓贵的年代，老董事教导我们白衬衫的重要，尤其要戒除的却是白色运动袜。他皱眉分析坏品味与没品味的差别，一双蛇纹皮鞋可以是坏品味，但远不及腰间挂一串钥匙、白袜黑鞋的没品味。

摩登是个坏翻译，误导了人们，岛人太缺乏现代的美感与教养。

彼时如同看见老董事滚动条展开了一幅资本发达时代全新景象，虽则我未必完全同意。然而十多年后，甲乙两哥依然不时白棉袜黑皮鞋以乱纪。隔板圈的我们却无人敢小看天天无论晴雨在工地奔波的两哥，相反的，他们应是怨鄙宅在冷气房里不食人间烟火的我们。无关阶级冲突，但确实是专职差异间的紧张。一则情报泄露，小心，所谓新官上任三把火，两哥准备在我们之中杀鸡儆猴以立威，隔板圈有那菜鸟呱叫了，怎会，乙哥人很好的，总是笑眯眯呀。

我是第一个接到杀鸡电话，乙哥开车途中气急败坏质问我，跨页广告怎将业主的企业标志折到了，"会议上不是这样决定的！"他愈讲气势愈汹涌。我恼怒又好笑得讲不出话，折商标等于折寿吗？次日与业主开会，他们看了杂志点头说好，他讪讪地低下头，当什么事都没发生。

他继续第二次、第三次以相似的理由来找碴问罪，我只觉非常的厌倦、索然。我直视他瘦削的脸、两只大眼，不必猜也知道他背后的支使者是谁，他不过就是甲哥意志的执行者。我内心尖酸地损他，人笨凡事难，有这样拙劣的斗争？我阿Q的理解，三波士毕竟是草莽式的白手起家，在他们的观念，员工等同于家奴；他们圈选的总马内夹自然视我们写字鬻文的几近米虫，时时想着精简一二如同蔬果，期望每一枝条长出更大的果实。

整肃闹剧的收场是甲哥召集我们开了一场交心会，哀哀倾吐他的责任与压力，失眠、胃痛、牙龈浮肿，儿子抽长了一大节他都没察觉,"你们看不到晚上我也会躲在棉被里哭。"会后,菜鸟开窍的呱呱叫了,啊是怎样,不同工不同酬他不懂吗,不然总经理大家轮流做,公司配车大家轮流开啊。

是夜我重新翻开久违的《水浒传》,直接看十八回,晁盖梁山小夺泊,林冲一刀割了王伦头,不知自己热血沸腾什么。几日后的商业午餐,我们还在咀嚼那场无聊斗争,一女工蚁突然发出非常无聊的问题,甲乙两哥若是阿部宽、唐泽寿明那样,即使被整,是否好过些呢?一桌没出息的工蚁哎哟跺脚,跌进了玫瑰色的幻想黑洞,假想自己是松岛菜菜子的笑了。

我想到某书如是有写,上天以好色者为刍狗。

恍惚的人

其后我再也没有D的消息。

虽然我们彼此知道都还同在一座城市，继续拼凑梦想的碎片，并期待像长日照植物那样活得健康。

那个潮湿发霉的冬天夜晚，D电话中告诉我，他的猫被谋杀了。之前我们不通音讯多年，断续听闻他半年至一年跳槽一次，升级更优的待遇，更大的客户，脾气却也更坏，架子更大，行事更嚣张；跳槽的间隔出国只挑五星级饭店度假血拼，衣服鞋子穿几次便扔，才又忏悔那些年疯狂购物的总金额足够回乡买一栋透天厝。毁灭之前，必先疯狂，我丝毫不讶异。借用巴尔扎克，我视他为人间悲喜剧的一个章节。

猫是很难死的，D分析凶手必然捕捉它进布袋，甩流星锤般摔砸，猫尸陈放浴室瓷砖地上睡着了般，皮毛还有温暖。我缓和他，提问窒息的可行性而不愿问凶嫌可能是谁。他冷哼一声。我尽责扮演细孔橱窗后的神父角色，听他跳跃式的忏情诉说，无非自怜。那仿佛充满侵蚀情绪的神经性毒气的霏霏冬天雨夜，我应是他能找到最后的听众，最后一根浮木，否则骄傲如他不可能主动与我联络。我记得他老公寓背后一棵绿森森大树，在我的童年家乡，正适宜死猫挂树头。然而真正棘手的是流行的文明病，躁郁症；他的投射症状是心因性的痒，全身游移，尤其好发于孤独的时候。让我悚然想起林怀民《蝉》里的小范，三十年后魂兮归来借 D 复活。

那么，这是 D 最孤独难耐、心灵最危脆的时候。虽然感激他视我如树洞的倾吐，我已经无有余裕或因恋旧或因惜才而沸腾起血液，再像年少时慷慨动情。

与 D 短暂共事一开始相当愉悦，他对现代物品有着纯然的爱悦，能够全然的享受，旋即转化为一己的语言、影像创造。这样爱物让他自己有所用，是他的幸运。难以为继的是他需要的不是共事者，而是崇拜与追随鼓掌的人，我们的那一点友谊反而成了他最便利的建立威望的试纸，共患难容易则不能共富贵。晚我一代的他有自己的语言，述说他所谓的爱的伤害与修补，残缺与赎回，我以为这里有更深层且严肃的人与人因为依存而扭曲、耗竭彼此的病灶。我从不怀疑他是职场的赢家。然而正如富含老掉牙训诫的美国梦，当你爬上顶巅，竟发现只剩孤独得抓狂的自己。

张爱玲写她的废材父亲，"我知道他是寂寞的，在寂寞的时候他喜欢我。"何其腐蚀性的感情。

那个冬夜，我握着话筒，如临深渊，D 告诉我最后的故事，最彷徨时他知其不可而为之飞去保有荣光的昔日奥匈帝国寻访已婚的旧情人，那金色汗毛的妻子哀矜地带他看她丈夫用作储藏室的小房间，她简略说两人吵了架或心情郁闷时，男人就进去里面默默待着。

房里存放着 D 毕业即失业的那年，怨愤满溢无处发泄时在桌凳、衣服、画册的狂躁涂鸦，旧情人一一保留着，海运寄回。一间封锁着爱与伤害的记忆之房。我看见 D 在那里流着真诚、忏悔的泪。

我固执不置一辞。人与人的短暂交会，误解多如碎屑恒常遮盖过知心时黄金那般的光芒，我惊叹列维《野性的思维》"修补匠／术"的见解，而我如何从我们的碎片中建立起新世界，翻出新意义、新秩序？

过去心不可得，未来心不可得。我在自己的房子，安稳如蚕茧，D 的告解终了，我倾听之后，不会再有第二次，我想着那存放旧物仿佛保存神迹的遥远房间，那是只属于一个人的神圣仪式。在这样的世界，每个人都是一粒尘埃。

小虾米的故事

"这样不能保护人民身家财产的政府可耻到极点!"电视屏幕,ㄅ[1]的愤怒如同一盆沸水泼在她胸前的麦克风荆棘丛。那是鲲岛小镇倒塌惨案的二周年,受灾户召开了记者会,照例进行狗吠火车的自救行动。

我认出ㄅ,震惊中似乎背后涡轮扇叶开始转动,一个黑洞在那里虎视眈眈。

两年前一个平淡的台风过境后的夏日早上,办公室弥漫着诡异的气息,每家报纸的头版皆是近郊的某一处坡地、水土保持工程因为偷工减料而崩塌滑落,造成廿八人死,数栋集合住宅大楼如骨牌倾倒。现场照片仿佛以阿战争遭飞弹击中的民宅,遍地哀鸿。我们必需以守丧的心情度过这一日,因为当初承揽鲲岛小镇销售的就是我们的三波士。

C扑克脸率先瓮瓮地发声,当初有拿了分红的就甭说话,意思是别急着呼应媒体做廉价忏悔。波士房间涌进了业务与律师事务所的西装人,随即关紧密谋。有报马也来耳语,密会结论波士没有法

---

[1] 注音符号,对应拼音中的声母 b。

律责任，定出对外三不策略，谨表遗憾但不道歉，不评论，不涉入，尊重并且静待司法调查。我们隔板圈分两区，后进者难免带着道德谴责的目光看着做过鲲岛小镇的人，但不至于戏剧化的引用那句台词，看你们双手沾满了罹难者的血啊。也没有那荒谬剧场的人呐喊，交出你们不公不义的所得，捐给慈善团体，要不烧了！或者我们都有默契，既然进了这门，吸纳进了这一共犯结构也是命运共同体，祸福休戚与共，而人为或天然的灾变哪时会发生，无人预知，每个人皆可能是下一个倒霉鬼。所谓的效忠、捍卫就是这般互相牵制的黑暗力量。

此中，有个自动化的处理流程，一如接往大海的暗管，排泄污染废水。一星期后，还是美丽的工作日早晨，我们拎着内装早餐的塑料袋，鞋跟敲着石英砖好清脆，见面微笑道早。

没有人知道ㄣ是小镇的住户。隔板圈总是会有这样的人口，悄无声息进来，遵守一切规范，不张扬，有一天他的位子清空了，我们才知道他离职了。ㄣ寡言内敛，表现并不特别出色，鲲岛小镇惨案发生后，也未见他有任何激烈的言行。公司有间数据文件库，从天花板落地的橱架，安置了方向盘可以带动轮轴在轨道推移，仿佛侦探、犯罪类型片必要的场景；历年销售案的资料、照片图册、分析报告或卷夹或牛皮纸袋归档。我喜欢那种秩序感与混合油墨加碳粉的纸味，无事也去逛逛，旋转那方向盘如同大海上驾船。

ㄣ那阵子时常潜入抱几袋回座位。有一天，他不再出现隔板圈，离职了，他来去一如化纤地毯吞没脚步声。而小镇倒塌惨案也果然走在媒体设定的固定路径，哗然、痛心一时，检讨批判一时，司法调查一时，逐渐淡出，大家乐得遗忘；即使自救会有ㄣ那样曾经在灾难制造联队里卧底过、容或偷偷取得第一手资料的人加入，毕竟还是一只小虾米，不足以扭转大势。

我警醒着持续在传媒里追踪ㄣ的消息，难得看到一篇专访，他讲着购屋的辛酸过程，继续掷出身为（小）市民、纳税义务人、公民与政商对干却求救求告无门如贱民的愤怒标枪。这是控诉，相当古时候的拦轿喊冤，击鼓升堂。我放下杂志，嘲讽自己果然心底生出了小小的威胁与恐惧、根本不配称为是公义的召唤：我们存活其中的这部现代巨兽机器，究竟有什么是一开始便是败坏残废的？

经验与直觉让我下了残酷的判断，小镇的倒塌灾难只能是一场一时的、少数人的祸患，震撼之后，岛人急着快快翻过这一页，让它过去，不要再提起了。

果然再没有后续新闻的多年后，我在街上看见ㄣ的背影，我丝毫没有趋前相认的意愿，蠢虫如我只有联想到《曹操集》的文句，"东海有大鱼如山，长五六里，谓之鲸鲵，次有如屋者。时死岸上，膏流九顷。其须长一丈。广三尺，厚六寸，瞳子如三升碗，大骨可为矛矜。"

在我还不能理清两者间的魔幻连结，很快ㄣ消失在人群里。我消极地安慰自己，幸好那不是一个伛偻或病态的背影。

大仓库追忆录

虽然离开了许多年，偶尔夜梦带领轻易穿过时光隧道，回到那又像室内停机坪又像仓库的办公室。最安静不干扰心思的灰色系办公桌排列有如阡陌，每一张都一样，第一次进来恐怕很难立即找到主帅的位子。然而那明显具有作业效率与流程监视的开放布署，每晚仿佛一个兴盛王朝的后勤单位，灯火通明，锅炉烧旺，人员衔命跑步，气势有如暑气节节勃发，集体贯彻着一个统一的意志。我在梦的角落，明白自己融不进去，困窘地想离开，但不知要如何离开。

那是强控制解体的年代，拜"党禁""报禁"解除与决策者定出无经验者优先录取的标准，我几分糊涂地考进了大仓库办公室。计算机化还在初始阶段，我们从认识字体字级、精算标题尺寸、学习走文拼版开始，指导我们的是个官僚气十足、自恃聪明的白面书生，说起他有如热带气旋的晋升故事满是睥睨的神色，也算给我们新进者一个光明的典范吧。但我更喜欢随有闲情的老编辑下去乌黑的检字房，那古老仰仗大量手工的器具，弥漫浓浓好闻油墨味跟汗渍、与机械比赛音量的空间，那架子上一盒盒与抛在架脚的一根根火柴棒似银色的正方铅字，如傲骨，如花蕊，我相信字有魂灵，萎地亦是游魂,中用与捐弃,不过一念之间。但残忍的事实是,检字房随即要被扫去历史掩埋场了。

大仓库办公室是整个建筑簇群的核心,通往它的路径之一得经过一间教室般的校对组,两两一组坐了好几排,交替着一人念稿一人校字,营营嗡嗡像一个蜂巢,如同格林或勒卡雷小说里的过场。

整个编辑台放眼看去七八成皆是年龄介于我们父亲与祖父辈的资深者,泰半拥有长年烟熏黄的手指与牙齿,肿大得吓人的眼袋,好重的发蜡味,他们有其奉行一辈子的职业伦理与职场潜规则,隐含权位较量的应对进退,吸收我们几个生手从头教起毕竟是负担是累赘,何况能否成材、派上用场是个问题。我记得实习尾声,一个晚上接手编一个新闻版,三个小时过去了,脑中犹如台风眼静滞,一个字也挤不出来。我想那不完全是上台恐惧症,更大的心理因素或是我抗拒成为其中一员吧。

然而"生命自会寻找出路",沮丧挫折之后,勉力动员全身细胞伪装也好、同化也好,遵循他们的规则,使用他们的语言,一旦化入其中成为一员,一颗螺丝也罢,一块楔木也罢,自然得以存活下去,老朽下去。第一次看见杂志一张跨页照片,某个超级政党的代表大会,台上红绒布幕金黄流苏前一排掌权者,台下分子结构图般的座位,标题曰"老人政治与权力交接"。我觉得悚然,但也了解这是体制的保障,能待下去也没什么不好。

我对大仓库办公室的最后印象是那时风起云涌的自救运动最激烈的一场,官民、朝野对峙了一天,整个城市在烈日高温下发高烧，痉挛，接近午夜，腰际缠着 BB call、钥匙的记者一头汗疾疾跑来，大喊打起来了流血了，一仓库的人伸长脖子看着他，数分钟后回归平静。不远处一根柱子凿空安装了送稿机，一个有如胶囊的筒子，给动力击发，便在各楼层回肠那样的管道传送。击发时的破空声有几分童趣。我看着桌上的传真稿，又是乡代会市代会、预算短绌、垃圾问题、陈情抗议，日复一日，仿佛一台残破的自动演奏器。我望向落地窗外，一串灯光处是绕过这城市的大河，河水流向海峡，又觉自己一事无成如芥子。

一次读到一小条地方新闻，小镇的老医生开车时心脏病发作，撞车死亡。我认出那名字，是家乡的老辈精英。我将新闻挑出来，写妥标题，浆糊接黏了，递给核稿人，四顾苍茫，在心中为那熟悉的名字送行。

日后在《奔马》一书，仿佛针刺读到三岛写出了那年我无解的心思："我所说的罪，并不是指法律上的罪行，活在这个圣明荡然不存的时代里，无所事事只求苟存就已经是罪大恶极。"

伤害

"科技始终来自人性",是那年ㄆ[1]心目中最佳的企业口号。或者更正确的说法是,这一行字诠释了科技完美掩饰却也一瞬间曝光了人性。那是值得深究的辩证吗?ㄆ说了一个职场上真正伤害的故事。真实的故事。

H是ㄆ的直属上司,换个比较不紧张的说法,只有二个成员的小单位里,不过先来后到、资历深浅的差别。ㄆ坦陈那段时日执迷的想法,以为转换跑道就是励志书籍提供的一剂鸦片:可以打开另一扇风景,增加若干公克灵魂的重量。面试时H不设防的亲和力、直朴的言语加深了看待新职的玫瑰色镜片的厚度。前半年的合作很愉快,因为他们是鱼缸里唯有的两条鱼,很容易找到、调适彼此和谐共存的方式。职务并不繁重,他们聊星座、命盘,打碎人际冰层最有力的铁锤;交换求学与职场经历,搜寻彼此人脉的交集点,数字统计不是说平均每隔六个人,我们就能连接上认识的人?所谓隔岛跃进,世局如星空。严肃一点,各自表述对某一部电影、某一本书、某个摇滚乐团或创作者、某个政党的喜憎与感想,像回到了大

---

[1] 注音符号,对应拼音中的声母p。

学社团时光。他们一同出国出差了几次,最远飞越太平洋,到了狂欢节才过的炎阳城市,彼此设定不重叠的行程,早出晚归,不告诉对方在老城区发现几棵散发奇香的百年大树,最后一天才拖着行李在柜台前会合去机场。他们共同的底线,个人私领域的最核心不触碰,那是工作单位与亲属单位的分界,前者可以筛检、创造、翻新,后者无从拣择。

两人隐隐察觉那单位毕竟是阶段性的存在,所谓的专业没有不可替代。或许源于那惘惘的威胁,H 有几次特别强调自己在这行业的廉洁,ㄆ记得谈话时 H 人中的汗珠西晒里正是广告词的晶莹剔透。造型古怪的办公大楼有部分的弧形,当然又是帷幕玻璃,下午的百叶窗阻隔了光害却挡不了热气入侵,那些白衬衫黑或深蓝西裤、规矩得就是活在框架里不踰矩一分的群体,于冷气与热气交混里如同飘荡的幽灵。几层办公室里有什么不可挽的变动确实是在发生,H 变得阴沉、尖刻且易于迁怒;ㄆ自嘲看似临大事而镇定其实是笨拙不知应对、默默承受 H 的前恭后倨。

H 离职后,ㄆ处在倒数计日或者提前也递辞呈的挣扎。有一日,在与 H 共享的桌面计算机的档案夹发现一个代号无奇的档案,一封电子信的底稿,H 向其同业挚友吐苦水,却三分之二篇幅以相当蔑视的口吻夹议夹叙ㄆ的言行,包括性向、年纪、外貌,不能不说是极恶毒卑鄙的诋毁了。

"我应该当它是一篇掌上小说或寓言吗?"ㄆ冷静看着屏幕如同看着一面冒着人性本恶的沼气的黑水潭,想到与 H 堪称和谐的同事时光，想到年轻时记下的尼采句子："当你凝视着深渊时，深渊也凝视着你。"迟疑了两天，夂告诉自己即使挫败也要做个健康的正常人，遂精神胜利法的按下鼠标，删除那档案，除魅 H 那黑水潭。

黄雀在后，数月后，一日 H 的空桌子上出现一叠 A4，打印着隔桌另一单位的新进者过去三个月所有的私人电子信。绝非无心的错放，夂遥望办公室一角的人事部那总是修道人打扮、笑嘻嘻的主管，背脊一懔，奥威尔的"老大哥"从未死过。一边办辞职手续，夂一边上色情网站复制杂交派对、人兽奸、鸡奸、SM、皮革控、金发豪乳高跟鞋、口交、大阳具、性玩具的图片寄发电子信，心想：假道学的臭老 B 让你一次看个饱。

木心写过："曾经良善到可耻，我不再良善到可耻了。"

春风恋情

　　不能例外，波士办公室的门口必定有女秘书把守；波士的品味单一，必是腰高腿长，一头琼瑶片女主角的飘逸长发，讲话口音丝毫不台，一种修饰得很有气质的悦耳外省腔。M比喻某一化妆品广告的固定配方：俊男美女加爱的故事。但真相是曾有黑道为了保护费直闯，门口被女秘书温柔拦下。波士事后聪明，一边臭屁地反问，若不是个年轻美女岂能够化解成只是一场虚惊？一边安装了闭路摄影机。因为矮，拿破仑悬在皇座似的当他坐在真皮座椅里，总是不时瞄一眼桌旁小小的监视屏幕。

　　我们看穿了他的胆小怕死，却也不讶异他追求兼柜台接待的总机小姐、揉合传统与后现代情欲色彩的传闻。一日日注视着小屏幕里年龄正好他一半的清丽倩影，激励了睾固酮的分泌，根本的还是雇主与雇佣的权力不对等让他敢于采取行动，一瞄到总机小姐准备下班，内线电话召唤去他办公室，随便谈谈都好。时间到了，她看看手表，直言，男朋友楼下等我呢。波士最后祭出的是老套的电视剧台词，眼光从落地窗外丑陋的屋顶之海收回，不无寂寥的后中年心情，可怜又可恨的老婆再也不能下蛋，他一生最大遗憾便是少了个儿子,累积的财富做什么用?K厉声骂,去死啦,两个儿子早送到美西当小留学生。

我们那阵子看到总机小姐藏在柜台下盘腿而坐平静地读小说,婴儿肥的脸庞吹弹即破,没有人仗义声援她,没有人提醒她有劳工局有性别平等法,我们存而不论,顶多顺手帮她接个电话。所谓日头赤炎炎,随人顾性命,毕竟她只是个汰换率极高的总机。

其实有个洒狗血的媚俗核心的是我们,为什么波士的情欲标靶不是近在门口的女秘书呢?去圣一步,所以宝变为石?其间我读到一本心灵鸡汤之类的书有一当头棒喝说法,我们每日在隔板圈的时间胜于其他场域包括家庭不是吗?然而量大不必然有正面的质变,我们期待办公室恋情的心理或者是变相的猎女巫心态,谁敢以裙带关系躐越位阶谁就是想抄快捷方式缩短奋斗年限的叛徒。

火苗似乎来自已婚的马内夹,对象则是一向稳重的X。在还未有充分的铁证之前,空气中有一股不打草惊蛇的默契,我们一早默默监视着两人先后进来,下班时一前一后离开,据说马内夹缓步经过时朝我们扬着嘴角一颔首就是讯号。仅止于此,我们无从再追踪刺探下去,那是侦探小说的范畴。

偷情的隐密度与续航力必然与两人智商成正比,我们如此定论,继续等待了半年到了第四季,嗅不到与我们共有一室空气的X意外泄漏过多的费洛蒙,唯有一回她穿了一款红色套装被K毒舌调侃好像红包袋。年底一天,马内夹出入吹口哨掩不住好心情,原来他太太怀孕了,超音波证实是男的。X毫无异样只是行礼如仪般与我们一起欢呼，叫嚷着拱马内夹请客。

　　我想到多丽丝·莱辛与艾丽丝·门罗笔下甚至无一职场专技的传统女性，为猎捕、拼搏一生伴侣或就是一张长期饭票，如火山爆发的胆识与坚毅，为打造自己的婚姻（爱情？）有如进行一场献神仪式，未达目的，绝不松手。环顾隔板圈的雌工蚁，没有一只做得到。我不确定这是否是进步。

波士家的晚宴

波士家今晚有宴会。秘书莉萨衔命去买花,知名馆子外送来的几道大菜,裹着保鲜膜,宝石大的鱼眼藏着深海的奥秘,三色椒如同名画鸢尾花的色彩聒噪着。我们故意吵嚷,海浪碎在礁岩,要开party吗?引起我们饥饿的毋宁是心理因素,网络兴起时的烧钱年代,信息不时喂给我们鸦片,世上确实有一如迪士尼乐园的员工餐厅、休憩室、游戏间、动脑房的梦幻福利设备;寓工作于游娱,做永远的彼得潘,是我们的大梦。

波士来到我位子,温和的笑着,问我下班后没事吧,不容我说不随即说待会儿跟他一起走。"为什么对你这么好?"有老鸟粗气问我。然而波士的顶级轿车有好闻的皮革味,行驶稳定如滑翔,完全不觉下班车流的拥塞,让人很想试试捧一杯香槟也不至于摇晃溢出的奢华感。波士闲闲问了我的休闲嗜好,唯独不提公事。我心中感激他的慷慨。

那两年,我们听多了波士的正面传说,他有如曹孟德的风格(嗯,才能与态度),了解企业品牌的重要性与价值(痖弦诗:"如同我们擦亮一支步枪我们擦亮这新的日子。"),他营销的大胆与创新(蓝海策略？），然而隔板圈的我们感受最深的是他的改变（岛人最爱讲的"气质"），我们传阅一本杂志的专访，阅后无一不感动，记者称赞他是同业里第一个洗去了草莽味，他细数缴学费改造自己的认真过程，譬如出国深度探访每个古文明、大博物馆，学习欣赏交响乐、歌剧、芭蕾舞等等菁英文化，他反问记者：九位缪思的女儿，她们名字背得出来吗？ K 阅毕马上合十曰：富而好礼，善哉善哉。日后讥诮，感动个屁，没听过个人形象的美容吗？

萧伯纳的《窈窕淑女》？屁股放的位子不同，脑袋想的当然也就不同，这是工蚁与波士恒是互成犄角的必然。而我们的时代不正是各行各业永远亟需达人与明星照亮否则仓皇无以自处？如同我们不能缺少英雄。真正让我赞叹佩服的其实是他永远在对的时候做对的事。K 翻了白眼，道，错的时候做对的事叫做黄花岗烈士好吗；没那个灵敏也甭想做个成功的波士了。

因此那个夜晚，我心甘情愿进入波士的豪宅，捧着盘中一条大鱼如同忠心的部属，恪守缄默的美德，希望可以隐身其中。几分钟后，自觉更像掉入奇境的爱丽丝。

豪宅是跃层格局，二楼卧房，一楼起居生活，敞阳气派，中间一道回字环廊有画作有雕塑有书橱，在某位我叫不出名字的女高音的华丽咏叹调里，宾客陆续来到，玄关即热情扬声，有捧着大束累累的花（秘书莉萨买的？），有意大利设计师的衣着，有专业兼名人的佻达。在那样精细雕琢的空间，女性有她们的熟练的细致，男性有他们的暗中较劲，不谈政事，少少八卦，生活心得与情报才是重点（依然是痖弦诗："观音在远远的山上，罂粟在罂粟的田里。"）

波士家如此的聚会想必常常有吧，我推测。巨大皮沙发让我愈坐愈渺小，愈来愈觉困窘，我庆幸宾客的好教养没有当我是侍从，悄悄找到了厕所，黑色系的简约风格，有一棵枝叶条达且干净的盆栽。心情骤然得以放松，我想着这样的夜晚经历唯有小说可以救赎来完成，但浮上的结局刺点竟然是老套的主人翁对着镜子痛苦呕吐。

沮丧之余，我的结论是我永远不可能有波士那样自我翻身的旅程。

痴人方舟

纳博科夫文学讲稿,"好小说都是好神话。"同理,每个新名词也都是神话,隐藏的未必全是愉悦的讯息,更需提防的它极可能是猪笼草般的陷阱。

当所谓的新游牧族占领了连锁咖啡馆,混迹其中才能察觉那梦幻军团的杂乱、畸零化、啼笑皆非。物伤其类,当譬如蚁窝、蜂巢的隔板圈及其设备不再提供,当我们被放逐在水泥城市游走,寻找水草与庇荫一如期待中乐透,才后知后觉世界正在改变,朝某个总是预言会更好、却往往是更坏的方向倾斜。

那阵子我提早在游牧族还未入侵前抵达咖啡馆,气恼的是从未能早过那一对夫妻。两人有备而来,塑料提袋装着水壶、抵抗冷气的薄夹克,夹着最新六合彩明牌的当天报纸数份与当期财经杂志,各点了一份早餐,盘据了四个座椅两张小方桌合并的位子,秣马厉兵,家当(粮草辎重、武器?)摊了一桌,夫妻对坐,不发一语,颜面的线条潦草,戴起金框老花眼镜,福笃笃身材却仿佛土地公婆,红蓝笔在纸上勾画笔记又仿佛起乩。一叠纸(簿记账本、数据秘籍?)页缘毛边卷起,枯枝败叶,令人感伤他们一心做的或恐是一场徒然的不醒之梦。十点后,早餐尖峰时刻过了,夫妻俩便像大猫卷曲着睡了。梦里,想必有着金币如阿勃勒盛夏花瓣落下的发财美梦吧。

春联讨喜的句子,"财源茂盛达三江"、"利似春潮带雨来",然而两人睡得太沉,注定迷失在那漫溢且水道多歧的迷宫。醒来时,不知为什么总有些懊丧或只是下床气,两眼仿佛蒙了蜘蛛丝,收拾妥满满一塑料提袋离去,结束这一早场游牧;两人脚上穿的蓝白拖鞋,一步一啪啦。我看着他们臃肿背影,怀疑两人的内在时钟锈蚀、指针掉落,却继续乱想市井传说那些邋遢寒伧如收垃圾破烂者却攒聚了一笔巨额钞票的守财奴。

若我的假想为真,这对夫妻才是新游牧族亟欲捕捉的猎物吧。组织扁平化,加上3C产品泛滥,我已经习惯了咖啡馆里以保险为大宗的业务解说,比起查经班、婚友联谊、住宅大楼管委会例会、一对一语言交换、假读书真发情的小公狗小母狗,我宁愿听业务员翔实解说,将人之一生及其必然历程银货两讫的数字化,两方小心翼翼的互赌赔率。

但那天我显然运气不好,下午递补进来的两个仪容整齐的中年西装男子,较年轻的一手金表、镶玉金戒指抖抖两张影印纸文件,台腔嗓音低沉述说他在土地买卖的影响力覆盖了党政军,即便港资陆资都得先找他一人打通关,他一颗人头抵一百个官印,实证如下:某一块黑白两道争夺数年的数千坪地、某处闲置半世纪动弹不得的军方用地、首富之一某某的开发计划。较年长的恭谨地点头做笔记,鬓边寿斑如列岛的长脸浮荡着喜悦。两人谈定了付款方法,金表上半身往椅背一靠,"不急,你回去跟家里再商量看看。"放长线钓大鱼?他倾身向老者吐露,我其实是帝爷,我太太是圣母,我们投胎下凡来就是要帮助人的;"ㄏㄧㄡ[1]喔。"那语尾音勾起了我的乡愁。老者只是傀儡似点头,几次开口,声如蚊哼。

"土地是愈来愈少了。"金表由衷的结论,曲终奏雅。

两人处事明快,谈妥了就离开,走进外面金灿灿的日光里,路树白千层摇晃象征着这真是美好的一天。

卡西尔《人论》:"人的突出特征,人与众不同的标志,既不是他形而上学本性也不是他的物理本性,而是人的劳作。"而我们在咖啡馆方舟上随时间漂流,四体不勤,以为作梦即是劳动。

---

1 注音符号,念 hiou。

秋日和

都说鲲岛的秋天短暂、飘忽,何况中央空调的办公大楼隔绝寒暑,罕有的意外是化纤地毯尘螨过量或不明原因有了跳蚤。我算是合理的疑虑是,比起鲁迅的铁皮屋,那样完美的密封玻璃空间若着火了,呐喊喊破喉咙又怎样?同事撇嘴角一指贴着红色倒三角标志的窗玻璃,笑我孤陋。

秋风撼动那一小片狭长玻璃,马内夹在会议尾巴顺口交付工作,颇有江湖道义的说,我们开的头,也就我们收尾。城南盆地边缘的山坡,沿着之字形道路是仿佛如来神掌的新建物簇群,还有不少余屋,坪数加单位数,总金额仍是一笔骇人的数字。处理绩效若好,我们自然也受益。

以前我当做郊游来过。出了市区,愈来愈歪斜狭窄的路说明了建设经费已是强弩之末,一如那些忠实反映农耕形貌的乡野地名诸如厝、犁、坑、树脚,而今名存实亡,特别讽刺,一条柏油路辗过,现代城市的商品系统癌细胞般顺着入侵,遂成了古怪的城乡混合的附庸。野草腐竹丛共钢筋水泥垛挂着血红色塑料布,广告一种特有的美味食补,尝过的业务大力推荐第二天屙出一周的份量,整个人神清气爽,赞。

那时山坡造镇粗胚成形,更是一群庞大巨兽譬如摩斯拉或侏罗纪,地上四处堆栈着建材如骨骸,车尾渗滴着脓水般的预拌混泥车接龙来去,阴湿的水泥发着墓穴臭味。我在黑夜压境时立在草坡一只人蚁,苍茫中远远就感受得到巨兽的威力,只不知是睡是醒,安抚它的大祭司何在?半空闪过荧荧黄光,背后是沉默千万年的山脉棱线仿佛大地之母的胸乳,然而我们贪婪造出的可会是一场暗含核爆毁灭的噩梦?

再来时,工事全收了,山坡造镇成了,一个开阔的新天地,是白金色泽与光亮的秋天,湿度怡人,入口管制的大门好像凯旋门,苍绿山色里突出的崭新高楼仿佛华表还是鹅颈,车子蜿蜒而上,一路都是向阳坡面,令人无法决定是要以比佛利山、香港半山还是希腊圣托里尼岛比附?

既然是余屋处理,波士马内夹皆认为是售后服务,亦即无需投注太多心力,意思到了就好。我们阳奉阴违,珍惜每一次来出游的机会如同放牧,对着旷远晴空发呆,乱想着星座间以音波传递密语。我跟随摄影师四处猎取镜头,尚未启用的游泳池波光潋滟,遮阳伞,台湾海枣,太阳下吹来一阵风透露一丝凌厉,冬天还会远吗?可是总有善于等待的人,等到池水干枯,树死伞破,这是一场不可逆的时间之旅。等到月亮出来,住户亮灯,藉此或可评量入住率究竟是多少。

是的,巨兽神隐了,噩梦升华了,之字形的柏油坡路适宜远镜头框住一个人奔跑，跑得气喘吁吁，因为心中一事不得解。或者，根本是来日大难，一场超强地震，看谁命大能够逃生。

我没忘记这是鲲岛首府的辖区，找到一个制高点，几乎可以俯瞰盆地全景，不得不哀叹真是丑陋混乱，无数的屋顶、水塔一如海啸之后的幸存物。我想到中学时迷恋斯坦贝克《伊甸园之东》，开篇工笔画写撒玲娜河谷如同田园牧歌，"我发现自己一直对西方怀有畏惧，而对东方怀有喜爱……也许是因为黎明从加比兰山顶升起，夜晚从圣卢西亚斯山即脊压下来。每一天的诞生和消亡也许使我对两条山脉产生了不同的感情。"盆地边缘山势绵延，合拱环抱，盆地里白日如废料场，夜晚形同洪炉，灯光一如炭渣，我想不出任何理由能如那信念与虔心至极的铸剑夫妇莫邪干将，快乐的将自己投入炉火中以身为殉。我想还是回到中央空调严控的办公大楼，那才是流着奶与蜜的应许之地吧。

往昔的黄砖路

百无聊赖宛如主机进入休眠状态的下午，K咬着指甲问我，还会记得第一份工作的第一个同事吗？K要说的是，那时候正年轻，他们在一个国定假日去了角板山，走下长长的陡峭山路，坐上游艇，水上的日光照得眼睛睁不开，随即盹着。醒来上岸已是旧日大稻埕。K怀疑真的有那样的水路航程？或者是他几场怪梦的自动嫁接？还是睡梦里记忆遭拦截、窜改？而K真正痛惜的是那些初生之犊的工作伙伴，樱吹雪般的纯粹友谊很快的凋零。

那年，ㄌ[1]的面试紧排在我之后，我们都记得像极了蟾蜍的主考官与他那吓人的眼袋；新丁训练结束，分配隔板（确实以三片木板组成）位子，ㄌ紧邻着我。高楼外炎热的晴空，一如我们的前程，有无限可能却又是疏空无从下手。现在想来，那时我们仅知地球村未闻全球化，时代新陈代谢的转速还悠缓，而且形势比人强，我们愿意承认前此的受教养成其实无用，所以愿意惕厉自新重当一张白纸，从驯化自己开始。加班逾时找主管签一张餐券，集四五张可点一桌合菜，爱穿改良式旗袍的餐馆老板娘每月底来结账；午休一小时，日光灯啪啪

---

1 注音符号，对应拼音中的声母l。

啪关了，一层楼在冷气里昼寝，浩浩的日光蚀刻着白云层更见立体感，我眼前一张纸列着所谓的鬼十则，"一旦动手，在未达目标前，见神杀神，遇佛灭佛，即使被杀也绝不罢休。"视网膜后仿佛两道冷热流交织，什么是神？哪来的佛？唯见一室人耶鬼耶睡得魂不附体。

唯有完稿部门那个极黑心阴毒的小女主管是不寐夜叉，见了怀孕同事抚着大腹软语甜蜜交换女人经，居然说：拿根针戳一戳看会不会破啦。

ㄌ睡醒时两只灼灼大眼总是布满血丝。他家乡是那以古法酱油闻名的中部乡镇，脱农入商，他确实相信眼前的道路可以有所为，只要每一日以认真勤奋做基底，每一天用的功、尽的力就是修行，未来必然铺出一条通往幸福的黄砖路。比起我，ㄌ心志专一，也看清彼阶段的我们一如父祖辈时代做学徒的日子，抱怨犹豫愈多，基本功愈稀松，晋升愈渺茫。他乐于在部门之间当个阳光信使，兴冲冲组织下班后读书会、借会议室促成日文进修班，无关个人爱憎，只因为我们是"邻兵"吗？眼见他愈来愈符合体制预铸的模型，我不愿意犬儒，暗暗了解这是他的拣择，他将会以此为据点，劳动、恋爱、筑巢、繁衍，企图攀上人生巅峰。十二月的寒流晚上，我在时尚尖端的百货公司前遇见他与同办公室的女友牵手浴在浓得化不开的圣诞歌声与七彩灯光里，节庆真正的喜悦在两人眼里。

之后我们相继离职，徘徊几年后同样选择西行取经的道路，以为那或是扩充人生版本的快捷方式。那年夏天，我坐了一天一夜的灰狗巴士到了美中一农业州的大学城，ㄌ带着新婚妻子已经就读一年了。看完赛马，我们去一家占地广阔的餐厅吃自助餐，二楼下眺旁边的公路系统，麦芒黄光里坦荡荡直驱天边，车流如同某种理性的梦，各自有其去程与终点，不会相互干扰。

再一年夏天，ㄉ告诉我他要继续来长岛读取另一个学位。编号四九五的高速公路贯穿手指状、保留不少印第安用语地名的长岛，我们分住公路的两端，见面时，ㄉ给我看他在家户车库的家私拍卖的发现，来自远东的骨董，青花盘，钱币，甚至行脚僧的竹编背包架。

一个初夏上午，我陪他们夫妇带着幼婴进城去洛克斐勒中心的公部门申办证件，入口处一座一人背负着地球的铸品。是湿气还是悬浮粒子，日色暖暖，那是工蚁神圣殿堂的曼哈顿最舒适的季节，走在大楼峡谷底人潮里，想到那句老梗台词，看，好像蚂蚁。

从小吃美国梦奶水的我们，都幻想过在这里找到一个位子奋斗并实践一己的理想。可当我们真正踏足其上，随即了解我们只能做一名观光客。

返台后，我们各自被吸纳进看似运作更精细、规模更庞大的组织机器，ㄉ举家迁居中部，他说毕竟还是喜欢美中大学城那样简朴的环境。他正式给过我一份工作机会，我没有多考虑便拒绝了。对我，他是一种恒在的安定力量，但必需保持安全距离。

于各自的轨道运行，有痕迹作事证的可比拟为年轮，否则就是吞噬的流年。又一次离职的前夕，我在邻桌上看见一纸公函，橡皮图章的总经理署名正是ㄉ，大大的楷体字，那是呼应我的告别最美好的一次。

一年多后的深夜，我接到一通电话说ㄉ过世了，肝癌。

滚石不生苔

讲起这些，Q已经没有火气，就像那印度僧人之语，老年时，任何地方看起来都是异乡。他淡然述说，让故事里隐藏的智慧种子如炭火隐隐发光。

但，其中果真有智慧？

Q说人际关系一直是他的致命伤，小时候就是个害羞得近乎病态的孩子，家里来了客人，随即躲进房间，父母笃守传统的教养，要他伯叔姆姨叫人，他慌乱躲进母亲陪嫁的衣柜里。即使恋爱时，他也惧怕与对方直接眼光接触，"人焉廋哉"，他知道聪明的、精锐的眼睛如同X光线穿过皮肉，剥开心思，或者凌迟，或者宰制；若不幸在会议桌有具侵略性肉食人格俗称霸气的，凶光辐射，立即明了进入了动物星球频道，食物链的残酷剧场，你拥有的专业技能与经验充其量只是一片薄纸盾牌，最关键的是你若只能守不能攻，你就永远向输家倾斜。严重的时候，Q甚至惧怕打电话，必须将要讲的话以纸笔打好草稿，但拿起话筒，一鼓作气不成，再而衰，三而竭。他想到那些年属于文青的流行语，废柴。

K说你要不要找心理医师检查是否亚斯伯格症？他摇头，我知道自己中庸之材，没那么高的智商。K继续信口分析，太压抑了你，只要找到一个点、一个核心却微妙的点，一戳，就像白马王子吻了睡死的白雪公主，肯不肯试试，我帮你搞些麻或药丸，反正电音你也听，就解放自己一次，看看自己的庐山真面目。安啦，我会从头到尾监护着你。

Q最后一个有隔板圈的工作是在某公益性质的基金会大机构，看似吃大锅饭、众人平起平坐，他觉得近似负日之暄的坦然与平和，除了自己分内的工作，其余完全没有关系，仿佛回到太古的渔猎时期。那是个美丽的错误比喻，K不免讨人嫌的小声说，加工区生产线的作业员不就是这样子吗？

不发生关系仅是一时错觉，大机构分散在两栋大楼的几个楼层，必要接洽时走楼梯、穿廊道、下到潮凉地下室、刷感应卡、敲敲无菌室似的玻璃房，他以为可以哑巴般递交了物事便离去，但陌生同事有婆婆妈妈会问他婚姻状况，看气色谈起养生之道，推销练功组织，然后迂回扮起了红娘。直到一天，演猪八戒不必化妆、小他整整一轮的同事突然叫他："老芋也！"他才彻底觉得溃败。

在那天光充足的廊道，他试图掩埋心中的怒气，因为他完全知道"老芋也"绰号底下的含意。比歧视更具杀伤力的是鄙视。年轻同事完整的潜台词是：年纪一大把了连个起码的职位都捞不到，还是个基层，没有半点权力，搞屁啊，我看不是能力就是智商有问题。

Q未能怒吼出来的是，难道工作不能只是单单一份薪水？我在这里交割完毕，用以供养另外一个我，做自己真正喜爱、擅长的事，实践真正的自我。职位权力高低于我何有哉?

　　再次我无话,虽则对 Q 我非常同情。"滚石不生苔,转业不聚财"是一句于今几乎被淘汰的话语,但它是永远有效的训诫,呼应着隔板圈的游戏规则,心有二志、只想安稳不思爬升的,同侪自然施予压路机般的鄙视进而排挤的力量,那至高无上、自发的进化驱力,即使自认为一粒芥子也难逃其酷刑。至于个性与职位的冲突,嘿嘿那是另一个议题。

　　"没有比执着于梦境的人更无药可救的了。"三岛在《奔马》的惊人之笔,我心念传给 Q,是的,我们无非都是芥子。

野地的兽

Ω 不喝水、直接仰头吞药的动作夸张，为的就是让周遭人知道他长期服用抗焦虑、或他强调解躁郁的仙丹。他戏剧化的以三角眼睨着新认识的朋友，说："是的，我全家人都有病，神经病。正确说应是精神病。"然后机警地分析对方的反应，以便铺排下一步是轻松微笑或者眼眶盈泪。作为王尔德模仿论的实践者，活着就是得戏剧化，他好得意最拿手的是背靠吧台，三十秒内从灿烂笑容转为幽暗啜泣。假得很真，真得很假。

但同侪我们真正佩服的是他对工作的态度，很难说是大胆、狂妄或虚无，阿多诺写过，"哲学本来是用来兑现动物眼中所看到的东西。"所以根底 Ω 心中是没有工作伦理那样的上层建筑之物吧。因此，周一一早开始穿制服，对镜子打领带，他开始咒骂，直冲牛斗的怨气带进办公室，当着上司面摔马克杯，说："请移动尊臀，别挡路。"（古希腊哲人："请不要挡住我的阳光。"）客服电话接到谯三字经的，普通话闽南语双声带回答："我娘已经死很久了，你来我愿意代母受过。"那些绵羊般女同事请他商业午餐表示无限的佩服。

一伙假日麻将友也大半是延续了二十多年的老同学，有专挑外商公司跳槽的，有继承大笔遗产仍以年薪决定旧职去留的，餐后讨论原物料、商品、财货、季报表与工作、职业、志业的进化比较，Ω 非常不耐烦，一字终结，屁。他接受的是那个古老的比喻，驴子眼前吊一根吃不到的红萝卜诱使那笨驴奔跑到死；目标则是，人的最低自由就是无需工作，活着就是享受快乐。已经是富爸爸的老友反讽他，所以快乐就是你的工作。他无赖答是，此生的终级梦想是住在热带岛屿，有一座（后？）现代软硬件设备的大房子，大庇岛上好友尽欢颜。

我们母亲那代人的讥刺俚语，一年换廿四个头家。是以我们毫不同情 Ω 常常处在待业状态，抱怨没有年终奖金、没有年假；我们甚至暗暗期待他投身付出与报酬不成正比的某一特殊行业，我们便可说，那可一点不意外。

逾半年的人间蒸发，Ω 邀约大家聚餐，带来两只红酒，印花紧身衬衫，手腕戴钻表，粉面桃腮。我们尽责地斟酒等他翘起兰花指主动告解、说出故事，如同传说中阿果号的唯一生还者。

引荐 Ω 的是老同事，easy money 是两方协定的通关语（好老套、没有想象力），他的工作只是按指示搭乘转机数次的国际长途飞机，于某一站接手内容不明的一牛皮纸袋，抵达目的地时，欧洲某一以合法大麻与红灯区著名的空港，穿上一件黄色防风雨的登山外套（木心诗句："土黄色傻气。"），出关，行李转盘处有人再接手那牛皮纸袋。三天后，他搭火车穿越边境再折回，沿途的山景美如仙境，约定时间同一空港离境，还是黄色外套，入关前脱下，内里外翻，神不知鬼不觉。是他自己如同传说中不听话的顽劣分子，回头一望，一条黑头发黄皮肤凤眼的人蛇静敛尾随着他，他觉得背脊的空气沸滚了起来。登机前将近一个小时，无论他走到那里，人蛇安静地跟着他，他极力回避但总是接触到了他们眼里希望的星芒，闻到了他们身上浓厚的泥土味。飞在阴晦云海上，第一次他觉得那或许是他一辈子陌生、叫做羞耻的东西如同闪电无声劈向额际。

耻感闪过即没，他只是一枚棋子，极可能若计划失败是被牺牲的第一个。安全回到岛上首府，到闹区高楼层一家复合功能的 K 书中心等老同事下达新任务，下眺大路的车流，此处供餐、有网络有睡铺也有淋浴间。他拿出优待券，柜台说，不好意思，过期了。他臭脸，觉得受辱。

《圣经》但以理的预言："你必须被赶出离开人世，与野地的兽同居。"

敌人 听来的故事 1

格言、名言、智慧小语控是 K 的职业病，他最爱引用的一句，爱的对立面不是恨，而是冷漠。数年后，与 β 在那顶灯星云造型的大会议室不期而遇，仿佛两艘来自不同航道的船在尾闾交会，船过水无痕。

K 冷眼看着 β，才几年她已经失去了妙龄时的妍丽，成了一精悍妇人，热情若一海碗麻辣汤头迎面浇淋，笑着叫嚷，张臂要拥抱，打开手机的儿子相片问即是答，可爱吧聪明吧帅吧，炫耀地推荐新换的休旅车。K 柴柴的收拾了桌上文件，以自己平素的节奏、看似漠然离开了。β 笑嘻嘻挥手，补上一句，有空喝咖啡聚聚嘛。

K 顿时觉得又居下风，"以前的敌人是非常清楚的。""要将事情做好，先把敌人找出来。"伤疤闪着金光的经验谈两条浮现眼前。

β 以新人之姿进公司时，穿着过大的套装在隔板间诚惶诚恐却口齿清晰的拜码头（小说家亨利·詹姆斯写过："这是一张刚印好还没有折叠过的报纸，显得清新悦目，内容丰富，从头至尾也许没有一个错字。"），如同扭水龙头与大家热情交往，进出三波士的办公室好像串门子，传出她有感染力的朗朗笑声。一年后，大家才了解她最毒妇人心（很抱歉如此的性别／政治不正确）的布网，举凡销量、预算巨大且业绩乐观的，无一不积极卡位或拦截，更让大家骇异的是她毫无羞耻心的抄袭，嘻嘻说："那是最隆重的赞美。"即使已成了隔板圈的公敌，她无宿仇的每早与大家笑脸，召集一起午餐。

那次例行的嘉年华式尾牙晚宴，闹了六小时之后。满怀狂欢后的寥落，K折返大亮却空荡荡的办公室，想到文艺青年时牢记的比喻，像一只苍蝇爬在水晶球上，无论如何爬不进那华丽的核心。突然看到 β 挣脱了高跟鞋，卷缩在座位地毯上抱着垃圾桶，呕吐完了陷入昏迷。K一刹那吃惊自己的冷血，竟觉 β 才像一只据着腐物大嚼的绿头金蝇。

或者是一厢情愿的幻觉，K秘藏着对隔板间的一份想望，他以为共事一场最美好的时刻是在目标具体了、进程拟妥了、全员集合了，如同阿果号就要扬帆出发。美其名为革命情感。是这个稀有、偶发的真情支撑他在职场一年年的过着。

他记得一个强烈寒流压境的深夜，走出大楼，林荫道如同屏障，他脑袋空空有茫然无从之感，β 开着一辆小车停他前面说送他一程，昏暗中，β 的声音特有一种诚挚，说起自己多灾难的身世，受够了永远互相叫骂怨憎的父母与贫穷的滋味（没错，贫穷夫妻百事哀），因此她要创造一个自己完全主宰的世界，一定要生两个小孩，男女都好，这样她可以重新过一次光亮幸福的童年。

K的同情如同等红灯时隔壁车子伸出的香烟火光，一弹即灭，β 的话确实可信吗？还是她不久前劫了他一个大案后的苦肉计？他眼角余光瞄到她眼睛闪过难言的什么，觉得自己愚蠢极了，竟然轻易地上了敌船。东风起，战鼓擂，谁怕谁？

我听完了故事，一样只能当两脚书橱，奉送K爱尔兰的托宾写亨利·詹姆斯的小说里有一行可以拆开来，成为两句闪着灵光的箴言（或根本是嘲讽吧），"钱给灵魂带来甜蜜，金钱就是一种尊严。"金钱，"给女人一种立足稳当的感觉，即使年老了，这种内在的光芒也不会湮没。"

儿子 听来的故事 2

我以前的女朋友是个文青,超爱背《红玫瑰与白玫瑰》像念经,"振保的生命里有两个女人,他说一个是他的白玫瑰,一个是他的红玫瑰……也许每一个男子全都有过这样的两个女人,至少两个。娶了红玫瑰,久而久之,红的变了墙上的一抹蚊子血,白的还是'床前明月光';娶了白玫瑰,白的便是衣服上的一粒饭粘子,红的却是心口上的一颗朱砂痣。"幸还是不幸呢,现在老婆不做张迷久矣,这段美文我却另有体悟,我们的生命里总有两个同学或朋友巧合成为一组红白对照,给他们起码的十年时间后,红的是一头撞墙的壮烈,白的是旧蚊帐般的令人凄怆。

我的这一对红白同学都是家底殷实的富家子,但家教严,并不觉得特别不一样,或者在我们那个物质匮乏的年代,贫富差距能够形于外的相当少。要等到毕业十年,第一次开同学会,红玫瑰开一辆骚极了的跑车来,餐厅还没禁烟的年代,他炫富的使一个精铸的打火机,脆亮的一当响声让大多是公教人员的我们神经震动。看大家也是歪头斜着眼睛,一副欠揍模样。毕竟不一样了,我老婆倒是平和地说,他跟我们不再是同一世界的人。然而同学铺成的网络陆续传来他的传奇故事，父亲猝死后，为了遗产与母亲打官司，也抖出了他其实是养子的秘密、压垮了他黄金鸟笼般的世界。我们真正惊讶的是红玫瑰以胡乱挥霍来陷溺自我悲剧的幼稚，几岁人了，是亲生是领养有何差别呢？如同通俗剧的烂调，在又一次与养母大吵后，上制服店喝烂醉，酒驾翻车（那有着如同航天飞机的引擎的跑车华丽地翻覆在最精华地段的安全岛），死了。老实说，我们很难同情。

  白玫瑰则是加长版的悲剧。记得一个中秋节全班去他家出借拍过三厅文艺爱情片的别墅开舞会，豪华水晶吊灯下墙壁上挂着镶着金框的巨大全家福油画，他父亲经营南部一家大药厂。他沉默地缩在那仿路易王朝的金碧辉煌沙发里，不单纯因为他矮小，整个风格就是一贯唯恐得罪人，温和的乏味。毕业前夕，大家烦恼着就业与出路，迥异于红玫瑰的毫不在乎，他说非常焦虑甚至恐慌必须接棒父亲的事业，他没兴趣也没能力，是谁提醒他，雇个专业经理人不就好了。是反讽还是反高潮，或者命运之神听从了他的召唤，他父亲中风成了植物人，母亲癌症，十年间耗尽了家财救治不好，才约好了似的几日内相继过世，同年，他老婆卷了细软、丢下一对双胞胎跟着一个玩期货的男人落跑去北美洲。不能更衰了的衰郎。像白玫瑰这样少也富贵、不能鄙事而突然潦倒是最悲惨的，同学会后他打电话来支吾许久还是说不出口要借钱。老婆也赞成我就当是救济他吧，可有一次偏偏在大卖场远远看见了彼此，他立即蟑螂似慌张逃走。

怎么会这样？我们懊恼极了，又一位少年友人就这样失去了，而且可能是永远失去了。"同学少年都不贱"，原来是要这样子看待、珍惜的。

　　幸好我们没有变（演化）成我们讨厌的那类人。现在我们老同学聚会、因为人数最多从不超过五人再也称不上同学会，每次总要提起红白玫瑰，一死一残；总要追问有无白玫瑰的下落，没有人知道。挂念吗？也不是，他让我们第二天更踏实更甘愿的进了办公室，老老实实过完一天，确认自己脚下不是流沙。

畸人 听来的故事 3

好吧，容我用传统的小说笔法开场，虽然时隔多年，我一眼就认出他，锈逗桑。他瘦削形体的唯一差异是头发尽成了灰白，但发量未见折损，学生式的斜肩着帆布包，让我确信他是从虫洞钻出来，但时间没有治愈他一身不安且哀伤的酸味。是个大型演讲场合，太强的冷气渗着芳香剂，讲演者勤于跑码头因此讲得像乳酸菌饮料，顺口但喝了就忘。

锈逗桑漾着恍惚的笑走向讲演者发问请教，接下来的短暂时间内，他将会像一具电路板故障的机器人，重复相同的动作；问毕，点头道谢，退后到角落，游龙般趁空隙再上前发问相同的问题。讲演者终将神色惶惑，边答复边搜索遁逃的路线，也尴尬测试自己恻隐之心的底线。

恍然如昨。那是我职场生涯的第一现场，号称本岛最早开张、引进东洋软件的广告公司（之一？），在其祖国是窗边族的倭寇后裔渡海而来成为一早就在公司如七爷八爷出巡的高级顾问，西装的金钮扣熠熠发光，呼叱员工像他们祖辈当年治理生蕃；经营者则是受过完整的被殖民教育、过度使用敬语到令人作呕的小气鬼欧吉桑；

柜台兼总机的工读生在电视台歌唱比赛节目卫冕了几关遂自觉是个小明星，随时煲着电话粥。每天，我尝试将自己塞进小位子的小框框，一如将学了二十年的方块字塞进商品的神龛以为牲礼供品。

经营者鄙夷地训斥我们一群菜鸟："你们等于是才进门当学徒学功夫，居然还有薪水拿。"好像我们是一群恬不知耻的剥削者。那时西门町的"巴而可"广告女郎一张油红大嘴咬着一把大蒜，中华商场还在，我们替中森明菜老是气势上差松田圣子一截而莫名着急，"自力救济"、"街头抗争"、"肢体冲突"、"我有话要说"是新兴的民间话术，我们为之亢奋起鸡皮疙瘩，还是每天搭老旧电梯走进老旧办公室，能够做、做得来的事那么少且琐碎。一部呛俗电视广告问大家：一百万新台币能买什么？答案是一部进口轿车。每天下班，走进烟尘滚滚的南京东路，赤红太阳在背后咚咚的往下掉。觉得窒闷无有出路，好像自己是数百年前愚人船上的一员，因此放任愚蠢地渴望有个教宗、秘教教主给一个倾全身心效忠的完美理由。

老旧公司一半组织如同起司充满孔隙，资深老鸟对着玻璃窗梳着他稀薄的头发，锈逗桑伴随传言现身，裙带关系塞进来不支薪的闲人，大家容忍容忍当是做善事吧。然而职场不是传统的公门好修行，尽管了解，但无人能忍受一个心智、言行不能纳入规范，且无有产能的畸零人。默片《摩登时代》的卓别林精灵地成为一个时代的蜂螫，更魅惑一个时代，他矮小却大声问："你，一个有灵魂有思考的人，真的甘心朝九晚五只是做个机械人？"而我们看着一个文疯子在整个楼层、在会议进行时，如西西弗斯重复的来回、起坐、沉思，勾起了我们内心深层的恐慌与噩梦，人人心里都有一个锈逗桑。很快诸路人马去向经营者告状，带着理直气壮的状词："通往地狱的道路往往由善意铺成"，你要我们在地狱工作？

晚霞满天的下班路上，锈逗桑独行在我前面，逆光成了轻盈剪影，无汗无垢，看不出年龄，我心中应景扬起一首艺术歌曲"当晚霞满天"，来自年少的抒情废墟，"我爱我爱，让我祝福你……"

第二天他不再出现，曾经受其轻微骚动的小职场机器什么都没发生过，我们得以烦恼应该烦恼的，斗争应该斗争的，企图打造一条天堂与地狱之路。

老人

那年鲍勃·迪伦来本岛开演唱会的消息传开，我们的反应是不安远大于兴奋，焦虑远大于期待，"廉颇老矣尚能饭否"，那么老了还能唱吗？演唱（天啊什么时候演、唱合体了？）的目的与意义为何？那两句讲烂了的，时移事往，宝变为石；我们愿意召唤的永恒美好是他与琼·贝兹（有人坚持叫琼·贝雅）合照如金童玉女的时刻，吉他一拨，令一代人的灵魂颤抖，他们唱歌不是唱歌，而是鼓荡一整个世代起来反抗的风潮。毕竟是许多年前的事了，让心境已如广角镜的初老的我们不可能只满足于怀旧，再去检视年轻时的偶像，好残忍。

是的，"花儿都到哪里去了？"那些老人都到哪里去了？那些坏脾气、爱教训人、老花眼镜滑到鼻头、总是看不起下一代且固执如粪坑石头的老人（确实常常一身并不好闻的味道），那些在我们年轻时东邻岛国曾给予过美化名词"窗边族"与"浪漫灰"的老人。

那些职场老人似乎终年不离开办公室，他们永远比我们早到，比我们晚走，散发圣殿骑士的气息（先到先赢，从最早的撒尿进化到插旗，宣示动物的地盘主权？），其中总有至少一个自认怀才不遇的言行特别乖戾（青春期叛逆的无限延长？），总是一身酒味，瞪着布满血丝的大眼开骂，尤其关于那些将人囹圄在隔板圈的规范，我们听着心里其实过瘾极了。然而我们也隐隐知道这样的人内心怯懦，他绝对没有那志气离开，"老子不干了！"有次加班到深夜，我们在黯黑巷道撞见他哗啦啦的便溺如一头牛，他回头与我们一对望，似乎有什么器物就此跌碎了。就像我们唯一目睹一次有个鳏夫老人真情流露的丑行，终于受不了他近乎性骚扰的殷勤与热情的中年妇女在开阔的办公室大声喊："你别再烦我！"

我们真正敬畏的是那些有如打磨、累积一辈子手艺功夫的老师傅的老人，他们才是真正的圣殿骑士。他们确实比我们的父亲还老，以致我们总是拿捏不准与之对应的分寸，或者我们疑惑不解的是那么老了怎还守着一个不上不下的位子？害怕他的严厉、对工作伦理的寸步不让，同时我们又一点点喜欢或羡慕他除了烟瘾、整个人似乎那些杂乱的毛边都割刈了，衣着整齐，有个管教甚严但恩爱的妻（？），家庭安稳。罕有的机会，我们下班了走在一起，一旦离开办公室那倾轧的磁场，他就成了温和少言语的一般老人，寿斑爬上脸面与双手，像小津安二郎电影永远的父祖形象、干净压抑的笠智众。我们甚至相信他大去之日会自己选择无人见的偏僻角落默默死去。

我们终究无人去看鲍勃・迪伦的演唱会。我们相互传送莱昂纳德・科恩在演唱会歪戴呢帽、沙哑（有没有颤抖呢？）迷人地唱着他的招牌歌之一，*I'm Your Man* 影音档，老先生的帅气已是他的独特个人风格，不可复制，无论他吟唱的感情关系如何残酷、无奈、撕扯、灵肉不能两全，他就是有公狮子般的气度。

我们希望来日成为那样的老人吗？职场能将我们点石成金吗？正面美丽的说法或是苏辙诔其兄苏东坡的句子，"其心如玉，焚而不灰"；还是像《鲁宾逊漂流记》那样稍有怨气的弃世或是裸退？"现在我看世界，像一个不值得注意的东西，它和我绝不相关，对它我也没有希望；实在我也不需要它了。总之，我和它绝无相关，就是将来我也不希望和它发生关系。"

长了翅膀的蛇

K一早带着宿醉出门,觉得舌头肿大,头壳灌了泥浆,信箱里有一封比标准信封大三分之一的信,激光打印机打印出来的毛笔字体有讣闻的意味,在捷运车上拆开:"吾兄钧鉴。"见鬼了,K心里啐道,列车进入隧道,水泥壁上的灯果真如鬼魅,署名正是当年大家谑称为太子的集团少东。

"时光荏苒,忽忽一年,久疏音信,歉甚。愚弟时运不济,蒙冤身系囹圄,忍辱度日,偶或临风怀想,昔时与兄并肩奋斗情景,惠我实多,不胜唏嘘。静夜思之,辗转反侧。""劫难加身,痛定思痛,因缘具足,幸得皈依三宝,始觉昨非今是,万幸悔罪未晚。愚弟重获自由之日,即重新做人之时,然重生诚非易事,展望前程,诚惶诚恐。盼兄拨冗会晤,知无不言赐教愚弟。"

见鬼,K再咒骂,满纸文言有如磷火幽灵,他觉得自己像聊斋里潦倒古庙、为鬼狐所祟的书生。代笔的一定是太子的老贼父母的家臣,一个城府深沉的老太监,传说年轻时做过情报工作,会议时龟在一角,却不时一对锐利小眼如血滴子扫遍开会诸人。

那年K考进那横跨衣食住行娱乐五大产业的八爪章鱼集团,前三个月试用期都处在肾上腺大量分泌的状态，虽然只是太子特助的幕僚群之一。办公大楼在彼时捷运线尚未开通的荒僻市郊，夷平的疮痍旷地怒长着海浪般野草。每天开不完的会议，写不完的企划，做不完的市调，接待不完的媒体、同业与结盟的异业，半年腰围增加了两吋。景观最好的顶楼辟了一间俱乐部似的交谊厅，弥漫着咖啡香，杯盘刀叉叮当响。仿佛夏日平原的闪电，K再也没闻过、见过如此集中、强烈的费洛蒙，如此众多的雌性放电，如此放肆、猥亵的雄性目光，在一个空间里。

像一头黑熊的太子，南面而王坐在一张独座的巨大皮沙发里，翘腿抖着，斜眼睥睨一屋人，偶尔弹弹养长了小指指甲，其声铮铮，永远用几组数字谈投资、开发计划、创业、IPO，谈他老贼父母的党政人脉。他听到一个胸部发育不良的女记者与同行前辈讨论大气、霸气、草莽、白目的区别。当肾上腺不再异常分泌，K开始发觉一切如同一出精装大戏，猛然联想起在南部家乡小时候爱看大笔油画电影招牌。离职前，他清了几大箱的文件，A4纸打印出的字如同沙漠的沙或是霾害。

其后，新闻揭开了太子一家族缜密计划掏空数百亿资产的丑闻，家族兵分二路，老贼父母遁逃海外，第二代认罪服刑。K追踪后续新闻如同有了毒瘾，他非常悲观认为又是另一出后现代还是后设的精装大戏，埋单其掏空费的看戏者全知道他们演得如此真实又如此虚假，却每个人得默认这一场大骗局。人们或许哈哈哈记得引渡失败那次，老贼夫妻登机前满地打滚哭号以脱身的精彩戏码，但若干年后，时间将大家的记忆风化为齑粉,一场风吹光了,太子家族仍是国界于我何有哉的富豪。

我手抄一位如同濒临绝种生物的韩国人写的一行字给过K,是天真抑或悲愤?是定律还是预言?"世上的所有坏事都是从商人开始的,就像阴险凶猛、长了翅膀的蛇。"我将太子的信还给K,他细心地撕碎,丢进不回收的垃圾桶,把公敌碎尸万段的心理投射?他害怕的是太子出牢笼以后将是另一场灾难的开始。

天使

发自天使之城的国际电话,Y 的声音显得有些急躁,要我尽快将他寄放在我处的一笔钱汇入他的美金账户,最好明天。不需我提问,他大口叹气,如唱流行歌,"有些人你永远不能帮,愈帮愈糟,愈扶愈醉。"时差一小时,大路车流的噪音与空污噗噗噗的听来声色俱厉。关于帮助,不论是实质的挹注或是口惠的帮衬,Y 的原则是"宁我助人,不受人助",那是他的骨气与本色。或说是四字头[1]世代的铭刻,信仰"打拼、奋斗、明天会更好",但绝不示弱,沦为被助者。

Y 的跨国爱情始于上世纪末的亚洲金融风暴,一票酒肉朋友约齐去香江看回归大典,一位是股市大户的友人梦呓般的说,东南亚的两个大城市正做着美梦,想要接收香江的金融地位呢。但万一真到手了,是福是祸很难说。他自订旅程独自西飞,淹没在夜晚傻乐町的汹涌观光客人潮里如同一块暗礁,过了午夜遇见了阿太,灯影里漾着瞳仁与胡青的光泽。两人坐在台阶用破碎的英文聊到天亮,晨光照出街上都是污水与垃圾。阿太让 Y 想到自己少年时,小学四年级开始就有了胆识经由母亲批发鱼丸于假日市场叫卖,赚零用钱也

---

[1] 指 1951 至 1960 年出生的人。

赚得成就感与快乐，因此能够慷慨给予就觉得幸福。

不同的是阿太没有他的幸运，或是缺乏天分（基因问题？）或是基础训练如算术太弱（国情不同？），还是价值观迥异，阿太看似什么都做其实逛街的观光客是单一源头，兑换外币，为旅行社揽散客，代买火车票、订旅馆。金融风暴吹得一国人尽是一身褴褛，脸色铁青，变性者一头瀑直长发随车当搬运苦力。一星期的假期，Y在人蝇嗡嗡的路边啜着咖啡冷眼旁观他一张钝嘴、眼光不敢直视对方，却屡败屡起。家乡在东北部的穷僻之乡，他保有着农人在田埂不择地皆可一屁股坐下的习惯，来到天使城企图翻身，那年轻的脸空茫对着脏污的空气有如浮沉人海，Y生出近乎母爱的丰沛怜惜，无限延伸到他的过去现在未来。

疯狂的时候，Y一季飞一趟见阿太，甚至是周五追金乌去、周日逐玉兔回，检视阿太的工作与生活像一本账册。能力范围之内，他倾其所有一再助他创业，一样无一成功。他叹气，太炎热也太古老、稻米与果树繁殖力强旺的天使城之国，阿太或是过早揠了的苗。每次离开，他看不到那深潭大眼里有热烈或起码的感激。所有的关系都是力量的跷跷板，有平衡也是恐怖平衡。两人最和谐的时候是去一家布施赤贫人家棺材的小庙拜拜捐钱，龙蛇般高架桥下飞车带来罡风与落尘，神明之前两人平等。

有消息传来，雨季里，阿太遁入某间以古法按摩技艺闻名的寺庙，剃光了头，出家一年，故意失联。Y还是找到了，羽状复叶的大树开着火焰一朵朵，醒目剜心，附近有一座历史悠久的华人义冢，铁门锈朽。他绕走不知几大圈,总共买了四颗椰子,挖那似肥猪肉但美味极了的椰肉吃,直到太阳掉下,整城是下班车潮吐出的乌烟。

等到阿太还俗,两人重堕之前的轮回,关于生活与工作、自主与营生的建立,他一个异乡人努力规划,本乡人散漫跟随,无心实践。两人去市郊如同破落户的酒吧区,屋檐低低,鲜丽塑料椅摆到路心,大家排排坐,音乐与车喇叭齐鸣,一个如小象的男扮女装当司仪,大脸淋着油彩,领着一大队吧台小弟脸抹白粉、穿着过于宽绰的橘色西装展开选美赛,拍卖色相,一个个天真傻笑。节奏明朗又简单的音乐让人乐于返祖,心智归零。终年炎热的夜空,与臭氧层的大破洞无关,他恍惚听到一种恒久的破空之声。

第二天晨光灰蓝色的清早,听见河水拍岸的清亮,整个平原苏醒前无垠延伸,阿太告诉他,想开一家早餐店。

美丽新世界

　　索尔·贝娄完成于二十世纪中叶的小说《雨王亨德森》，写一个神似《巨人传》主人翁与其父的综合体、颈围粗达廿二时的权贵后裔，体露金风般深入非洲以响应一直涌自内心"我要，我要！"确认自我的神秘召唤，进入前现代的部落寻找自我的神话之旅，在参与了祈雨、模仿做一头狮子的梦幻仪式后，他露馅般道白："我敢向你发誓，像我这样的人，在印度有，在中国和南美各国有，世界各地都有。""我是一个富于精神探索的人。我这一代美国人注定要周游世界以寻找人生的真谛。"

　　大哉言，这样的人，世界各地都有，如同那古老预言，"当铁鸟在天空飞翔，当铁马在大地奔驰之时，藏人将像蚂蚁一样流散世界各地。"是当劳作与土地脱钩后，人力流动的全球化？而"我要"之自由意志或是发于西方哲学的源头，或是借用尼采《查拉图斯特拉如是说》中"人之精神的三种变形"，从骆驼到狮子到孩童，辗转变化的关键在于认识自己的存在为何？又为何存在？我来此世是破空一叹还是如实一击？

　　半个世纪后，短时间内我得知两个八零后的年轻同行，一位去新西兰，一位去加拿大，持的是可以合法打工的旅游签证，计划在一块陌生的土地上野放一年。他们点醒我，如此跨国界打工游荡有其年龄门坎，除了加拿大放宽到卅五岁，一般以卅岁为上限。（虽然动机与性质不同，列维·斯特劳斯初旅巴西的亚马逊是廿六岁，布鲁斯·查特文初抵巴塔哥尼亚则已是卅四岁。）若去的是农牧之国，冬天有鱼工厂，夏天有奇异果、樱桃、苹果、草莓、蓝莓、葡萄、芦笋、西红柿、酪梨的蔬果采收（何其田园牧歌式的浪漫？）；若去的国度人口老化，则媒合的是餐馆、搬家、工地的劳力。

力有粗轻，工分长短，年轻同行这时的身份本质上已是国际移工，任一政府当然本于人尽其用而精准设定劳力来源的最佳年龄范围。而天下事垂垂老矣，与其说财富不如说资源的分配更加恶化不均，相对的剥削感与掠夺感更加剧烈，对他们二位及其世代，"我要，我要！"的亘古召唤的首要梦想或是国界弭除、地球平坦，工作与职场当然绝不等同于上班，出走与自我放逐更是美丽且毫不悲情的人生鸡汤，因为这是他们深思长考后的抉择。

七年前在东海岸两条山脉间鸡犬相闻的大学城镇遇见他们，我试探问过，将来写作、工作两相折冲的想象，有人率真答："上班真讨厌，能不上最好。"我看着他尚未有杂质的纯洁眼光，再次想到陈映真也曾天真地控诉过："上班是一个大大的骗局，一点点可笑的生活的保障感，折杀多少才人志士啊。"

我回想自己因为驽钝顺从一般人生的进程加入然而不算长的职场生涯，时时心不在焉，陷在那其实丝毫不可笑的生活保障感与明知自己所要却踟蹰不前的困局，恼怒自己的不能当下彻底，痛恨自己的迟缓，然而尽管牛步地与时间、自己的时间并辔且战且走，现在回头张望并尽可能忠实写下这一系列，虽然不得不反刍那些厌憎可鄙同可悲可爱的，才了解那是无可回避、不可拣择的必经过程，我或可模仿《葛莱齐拉》的负心汉说："我走过了。"内在或精神的探索不必然得搭上铁鸟去到异国他乡才算数。我爱佩孔子自述"吾少也贱，故多能鄙事"，希望这不是另一种的阿Q式的精神胜利法。

我也不免自嘲，如此怨毒著书，自苦苦人，是为了抵抗涂销记忆？还是没出息的自怜？我真的是对的吗？或是瞿秋白的无用的"多余"之见？

我犹豫许久，终究没能碰触的是第一份工作的一位同事，失联多年后听说他在一次公司海外旅游的玩乐时光出了意外，全身瘫痪，其后他的人生走向另一条不能回头的弯路。那确实是另一种折杀。

齐格蒙特·鲍曼在《工作、消费、新穷人》一书引文形容数量稀少的一新族类工作者："他们没有工厂、土地，也没有行政职务。他们的财富随身而带，深谙迷宫规律，他们酷爱创造、游戏和迁移，他们生活在无固定价值标准、对未来无忧无虑、自我中心和享乐主义的社会中。他们把新奇事物当作好消息，不确定因素当作价值，不稳定当作律令，混杂当作丰富。"令人艳羡向往极了是吧，却也怀疑，今世能有如此的乌托邦？在哪里？

那或是只属于1%人口的特权？至人无梦。

二〇〇九年的金融风暴后兴起的讨伐1%、包括"占领华尔街"

运动，气势无法持续太久，愈来愈讨人嫌，住在曼哈顿的老友说了他的观察，这场运动注定失败，败在它根柢是一场人心的考验，一般人很快就不耐烦，认为这群人就是对体制适应不良的失败者，自己不检讨为何不能够取而代之，只会怪罪别人。老友说这话其实非常感慨，在这个占用地球最多资源的国度，非常多的人想到分配正义、社会主义还是一两百年前的思维，与"邪恶共产"划上等号。

小津安二郎一九五六年的电影《早春》，令人讶异这次他镜头专注的是一群彼时已从"二战"废墟重生的摩登东京的新兴白领，人人穿着白衬衫，一早赶通勤电车，假日结伴郊游，天云开阔，不必凝望上帝的窗，而小津屡屡仰望办公大楼一格格的玻璃窗确实如蜂巢，有着新时代的兴旺气象，也真是一个干净的时代。但他让卧病榻榻米的同事三浦说出临终之言："五月的天空淡蓝，梦见鲤鱼在游，风车声响起，浮云飘过。"想起早上尖峰时间赶搭车，然后乘电梯到了七楼，进入办公室，"我为公司感到自豪，初次见到公司大楼是在毕业旅行，当时正是黄昏，所有的窗亮着灯，对我来说好像到了外国，此后这大楼成为我的梦想。"之后三浦如愿收到公司的录取通知，很开心，马上去神田买新衣，"当天的事常在我心上。"

那真心的言语可是梦中之梦？虽然那些年的事也常在我心上，我几丝惭惶对那体制空间没有余情，拒绝期望，我毋宁更是个叛逃者（或是曾经大言不惭的卧底者？），自始至终像透过放大镜看病理切片的观看一切。唯有在年轻同行给我的电子信读到这一行，我才觉得看到救赎的光。"我很厌倦办公室待在计算机前的工作。我有感受到劳动是人类应有的生活方式,那样才会健康。"

提醒了我古希腊人赫西俄德在《工作与时日》如此写过:"一个人看到别人因勤劳而致富,因勤于耕耘、栽种而把家事安排得顺顺当当时,他会因羡慕而变得热爱工作。邻居间相互攀比,争先富裕。"

盛夏的事 ○ 夏天的合音

条直之人

"日本人有一句话讲，ばかしょうじき，你阿公就是。"大姑这样总结她父亲的一生。虽然与民国同岁的祖父过世廿多年，比蒋经国早一年死。有时我不免惘惘地想，活了七十二岁的祖父是否错过了什么？

巴加野鹿，我辈熟悉的日语，偶尔也从祖父口中铿锵吐出。然而听到大姑将它与汉字"正直"结合，语言的化学变化，直译是笨蛋老实人，中文语境的等值词汇是憨直，闽南语则是悾直、条直。后者尤其生动，一如条柱，不够机伶，不能灵活变通。冰山下的潜藏思维，或恐是这文字崇拜的古老东方民族对"老实"的贬刺重于赞誉，其中若有同情与理解，无非认为这样的人诚实可欺，有一日逮着机会也可以欺他一下，不欺对不起自己。

七八岁或更早，在黄浊灯泡下、红木眠床上听大姑与祖母讲从前，她通勤读商校时正是祖父生意失败、家中最困顿惨淡时，年少的羞耻心让她午饭时总不敢掀开便当盖，因为米饭上往往只有几片菜脯。我听着激动留下了眼泪。

记忆中的祖父盘石般的温和，残留的老照片透露他的心志，年轻的祖父恒是西装皮鞋与 homburg 小礼帽,受日本殖民附带的西潮启蒙要做个现代绅士吧。同为土象星座,我从未听过他吹嘘、自怜当年勇或败,爱听故事的我也从未主动问起。因为是至亲,反而更生涩。祖父一直瘦削,即使中年还是为钱所鞭笞,与祖母离家辗转打工,愁容难免,但我没见过他有苦相。不同于火象星座的祖母生于地主乡绅之家,因此爱面子而时有浮夸炫耀,我想,他底子里铭刻着农业时代的遗绪,无惧生养众多,喜欢子孙满堂,热爱节庆、人情义理与朋友。然而多年后,父亲与姑姑叔叔们一起抱怨年少就被贫穷酷戾追打,被迫提早就业,关键就在于祖父是个笨蛋的老实人。

少许哽咽之后,大姑说先人无恒产、只知墓碑刻"西河"的祖父幸运学会日文与会计一技之长(被殖民、做顺民的利泽?),任职于小镇大地主也就是祖母娘家的商店,进出东家的机缘,遂与祖母恋爱成婚。大姑强调,祖母的陪嫁有几大箱的布料;记忆无误,我记得她讲古,赤贫的曾祖母在她嫁入之后才能穿上轻暖的冬衣,抚着衣服,满足喟叹着一辈子的第一句好暖。老照片左证,最早一张全家福,祖父母与襁褓中的父亲大姑,嗜穿长衫的她烫卷黑发下脸如满月,大眼灼灼,辐射着娇气,仿佛一切灾厄不可能欺上身。盛年的祖父瘦脸有一抹宁定的笑意。那时他供职于殖民者的会社,即使二战末期,家中物资吃食丰盛得好像外面是太平世界,有求于他的远不只是镇上一帮结拜兄弟。祖母语焉不详但最辉煌的一则讲古,战败后日人上司交给祖父一箱(或者更多)钞票保管,正直的笨蛋分文不贪的信守着,等到交接者来了,缴交回去。尔后横财的机会不再敲第二次门。祖母有着对财货的直感,讲起这则传奇如同凝视海底满载宝物的沉船。

作为他们的孙子、满月即与他们夫妻睡在那张眠床到十岁的我,以小说之笔要护卫的是,他们就是平凡的一对匹夫匹妇。然而祖父确实明了他的家乡小镇虽然逃过翻天覆地、玉石俱焚的战争之劫,但新旧统治者换手的过渡期,日人的法治与种种体制出现了空洞、断层,不再一体适用了吗?他知道庇荫他事业的一切裂解了吗?他当然更不知道灾难的风暴在他们夫妻前方挥着垂天之翼。

"ばかしょうじき",啊,我在心中复诵,看着大姑,我希望她对祖父的盖棺论定不是恨铁不成钢的恼怒,不是夙怨,更多的是包容与理解。

笨蛋老实人

事过多年，祖母讲起那让丈夫一生再无法逆转或翻身的最大挫败，仇恨如新，但"日据"昭和时代的人有他们的人世间清算规则，五鬼搬运走祖父资金的生意合伙人、结拜兄弟早死，祖父前往拈香，热泪如倾，"人人讲泽也实在古意，害伊害得如此凄惨，哭得真有情。"嗜听收音机讲古的祖母叙述往事挹注了情感别有一种魅力。有时受不了我的固执，疼惜胜于责备，她会吐一字如禅语："悾。"但她不会这样讲祖父，两人真有争执了，她怨怼起来，用的是古色古香的"老斩头"。

现在，大姑到了祖母首次讲这故事给我听的年纪，细节更详实，有了在会社的人面与知识，祖父跟同宗的结拜兄弟在小镇开了一间肥料行，店名大同，豆箍是大宗，每天进货一卡车。生意好的时候，祖父常常在大街有伴着粉味的应酬，有时才六七岁的大姑衔祖母令去叫祖父回家。祖母确信，一欢场女子为祖父生了一女。

生意失败就是失败，烧光的是祖父的资金，合伙人却是毫发无伤，砌了大厝，过着富裕的生活；祖父这边债主上门，詈骂汝儿女众多，卖一两个来还债。那只是祖父衰运的开始。等大姑自己也是老妇人了，还是怨怪父母生了太多，所谓食指浩繁，总让我制约地想到祖母掀开米缸、杓子刮着缸底发现无米了的画面，母子对泣时，传来八舅公脚踏三轮车的声音，二叔叫救星来了。之后祖父北上九兄的木塞工厂工作，不熟稔机器却鸡婆去操作（《连环套》霓喜落难洋尼姑庵时，不拿强拿，不动强动，以示不是米虫；我也听到祖母气急败坏大骂"悾！"），右手五根手指齐根绞断。这一年，他接近五十了。《荒人手记》写，"他用他前半生繁华旖旎的色境做成水露"，童年时我每看他拆了洁白的绷带（洁癖的祖母酷爱漂白），一团肉掌一如小叮当的手偶尔随着心脉有几处肌肉蠕动，尤其大拇指根底的肌块，夏天很长，厝顶瓦片上的正午太阳有如西北雨，我想他一定心中追忆检讨也悔恨自己在什么关键点犯了致命错误吧。

当时代默默的几近阴谋般转换其生产工具、手段、逻辑与结构，后知后觉者尚属幸运，那些跟不上的、冥顽不觉悟的、误判形势的，也就默默当了刍狗吧。祖父失去了右手五根手指，他努力学成后半生以左手写字、记账，我保留着他给我的一封信，那乍看稚拙似蝌蚪游移的字，偶尔翻出看看，我不草率怜惜，但愿看出他活着时的坚韧。大姑说了他年轻时的一件逸事，一度沉迷黑管还是萨克斯风，有段时日不务正业跟着乐队环岛巡回演出去（"当时年少春衫薄，骑马倚斜桥，满楼红袖招。"），他的母亲宠爱他这独子，居然不阻拦。难怪一次看电视剧，一男演员拿萨克斯风摆样子，他兴奋指着屏幕笑说手势错了。我狐疑着他怎会了解。更早的记忆，我乱敲着一架玩具钢琴，他过来左手弹几个音符居然成了一段旋律。所谓"曲有误，周郎顾",让我惊奇。

当我来到了祖父失去手指的年纪,我才更深层的了解这个土象星座人的种种,内心的曲折与褶缝。

断指二十多年后,祖父再次带着祖母北上在一亲戚后辈的公司打工,一个假日母亲携我去探望,喷着黑烟的客运车摇晃许久去到彼时台北县一个潦草的卫星城市,炎阳热气里大片水泥色调的工厂,祖父短袖白衬衫西装裤,曝黑了更显削瘦,看见我们他非常高兴,笑开了嘴里的金牙一闪,大声讲话,我突然觉得生分。美好幸福的家乡离我们太遥远了。

我们四周是那个经济起飞的时代,除了热风与创造数字成长的意志,一切单调、粗陋、干旱,然而他们夫妻俩就在那里。

大街上的饼店

我一直以为招牌写着楷体字"五大食品行"的饼店是祖父与父亲、二叔连手打造"灶下炉灰变黄金"的美好家族故事。

不管百年前因为河运庇荫，小镇曾经如何繁华辉煌，日本人又曾经如何重视划为行政重镇，但到了父亲出生时，小镇昌盛的尾巴仅仅是两条成丁字形的商业大街。饼店靠近两条大街的交接处，坐西朝东，离祖母的娘家大厝与新戏院都近，离建于嘉庆年间的妈祖宫远些，三点成一平面，以我当时的步行速度，从任一点出发，十分钟的幅员之内，聚集了供应邻近几个乡镇所有生活必需或者还有一些奢侈品的商店，包括一家散发木料香的棺材店。

饼店新开张在大街，全家活在亮光里，他们父子三合作关系或者如此，祖父出面贷款，二叔有手艺，长子父亲统筹。为了那一台巨大的烤箱，电力公司来厝后竖了一根电线杆，掘地时挖出一条龟壳花，当场摃死，我与童伴棍子挑着蛇尸扔到柏油路上继续让车辗。还有一台搅面粉机，那钢棍如同孙悟空的金箍棒；搅拌好的面团就像一只海龟伏在长木桌上，二叔盖上一条微湿纱布等它醒。店里都是玻璃橱柜，糖果橱隔成蜂巢状一格格，格门如船舱圆窗，我手伸进去抓了满满一把。

那确实是全家齐心齐力最兴旺的岁月。一上午，二叔开着收音机听流行歌做面包，祖父骑着那台稳重、大骨架的老铁马（脚踏车，后轮附件一个啤酒瓶状的电瓶，倾斜了与轮胎摩擦就能供电给车头灯）去开店，还未出嫁的姑姑们当店员，空闲时在包装纸上画流行的衣衫式样讨论。有一家店在大街，好像一座水晶宫在全家每个人心中？奇怪的是爱取名字的父亲给了一个简单响亮的店名，却在我记忆中从没有他在店里的身影。他另有大志鸿图？唯有一次，父亲骑铁马载着二叔才做好的蛋糕在转大路的斜坡将蛋糕打翻，他非常懊恼，理由是有个小孩突然冲上来，他闪避扭了车把也就毁了蛋糕。全家人跟着懊恼如此蚀了血本。

爱讲往日荣光的祖母讲她九个阿兄不是留日就是去了广东、上海，最疼爱她的六兄曾要带她一起去日本读册，所谓食过咸水，她拒绝，六兄笑她跟孔子公无缘。她众多儿女有一半遗传了她，不爱读书，亦是与孔子公无缘，二叔早早便去台中"一福堂"饼店当学徒，学成归来为我们的饼店卖力。他爱耍宝，爱干净，会吹口琴，却又是暴躁的雷公个性。小学徒偷钱，他下重手打得他脸肿如面龟。我仰脸看大我没几岁的小学徒在木桌边黯哑做面包，心里同情极了。多年后，我稍微理解二叔的怨，他总觉自己是兄弟姊妹中最不得宠爱的一个吧。

小镇并不需要太新潮的事物，它夹在农村与城市之间，更与前者接壤，商店街因而更像市集，真正的时髦新奇世界的窗口在戏园，邵氏与好莱坞电影一档接一档。每家店的格局一样，长条，后门通向房东的大厝，我就在那些药店、美发店、裁缝店、摄相馆、附设出租连环图书的杂货店自由穿梭如串珠（铁马店与文具店则后门紧锁），但不敢进棺材店一步。

那样的环境并未能启蒙或激发我日后成为一个父亲向往的"胜理也子"（具有成功基因的生意人），我现在知道那时的我以为家里的饼店将永远的存在，给中年以后的祖父一个支点，如同杠杆再次撑起他年少的得意流年，而且这一次，时间冻结，他不会老去。那时的我以为他已经够老了。他左手持汤匙吃饭，看我一副没食欲的样子，笑我"是欲做仙？"干燥的热天夜晚，整条街亮如白昼，生意清淡时他左右店家走走聊聊。一次来了个日本少妇买饼，祖父以流利日文与之交谈，之后稍稍得意的说只有"树奶糊（口香糖）"这个外来语不会讲。

寒天时我偶尔在店里逗留太晚，遂等到祖父关了店门，载我回傍着大片杂粮田的旧厝，大厅的壁钟钟摆沉沉摇晃着苍老的声音。我坐在脚踏车的横杠上，祖父残了右手还是骑得很稳，隐约是夜露还是雾气迎面一阵阵凉飒，妈祖宫旁卖杏仁茶的氤氲着香气诱人饥饿感，夜里行动的人寥寥无几，整个小镇确实已经睡着了，我一心期待着脚踏车煞车吱的一声，到家了。

饼店之夏

　　粤语将蓝调雅译为怨曲。终其一生，父亲怨怼祖父母，他们父子情义之中皱褶着无言的尴尬与紧张。家境催迫，提早熟成，恐怕父亲很年轻时就了解祖父那令人扼腕、"捶心肝"的笨蛋老实人性格，是以如同《圣经》的训诫，他毅然快快离开父母与家乡。然而宫崎骏动漫有一幕，落单的小孩大头大脸对着前方飞奔而去的亲人身影连同日影，心急大喊："巴加！"总让我内心一颤。

　　那是我在大街饼店的最后一个夏天，如常夏天很早开始，很晚结束。年初寒冽的一天，祖父带我上八卦山参加食品同业公会的春酒联谊，细雨中枝头爆着花苞，圆桌酒席间穿梭人影清脆地嗑瓜子，突然全部涌向前方，一身西装的祖父在人圈外围努力踮脚深长脖子。原来有脱衣舞表演。之前年底，二叔做了一栋华丽的西式饼干屋摆在橱窗里直到过了圣诞节，愚俭的祖母一再说，讨债（浪费），不能卖亦不能食。

　　每天午市之后，日头停在天顶正中，整个小镇开始恍神打瞌睡。店面后隔出一个狭窄的房间，放一张床，堆栈着纸箱铁桶；后门那仅容一大人旋身空间，关上便是洗澡处，一不小心香皂就滑进排水沟。

我们祖孙三人以店为家，溽暑，我在半夜热醒，看着电风扇将蚊帐吹扁掀高，祖父习惯的侧卧睡姿，那残手压在鬓边。那几年是青少棒热，我凑热闹要祖父也叫醒我，到隔壁药房一起看越洋转播球赛，但我看到的是乌沉沉夜里冒出来骑着铁马下田去的农夫，好奇驻足看了一会儿电视，便咔啦咔啦踩着踏板又融入暗黑里。

我不能明了的是饼店为什么成了只是祖父母在看顾？一开始全家齐心齐力、每天如同过年过节的欢乐气氛似乎没有了。长我顶多六七岁的学徒潜入二叔房间偷钱，脾气暴炭的二叔打得他脸肿如面龟，灯泡下大家异常沉默。父亲始终不出现，母亲短暂回来，憎我只是玩耍，罚我跪在店后头，没多久她也不见了；姑姑们或忙着出嫁或上学或学父亲远走高飞。其实也没有不好，我继续完完整整的拥有他们，只是热天太长太久，尤其下午，卖咸甜两种碗粿的推车经过，车把吊着一铅桶洗碗筷的水，晃荡着一路滴水。祖父戴着老花眼镜桌子上打算盘整理账本。

当然必须等到多年后我才明了饼店是祖父力图经商翻身的最后一击，而银行借贷的偿还与处理必然加深了父亲对他的不谅解。生养众多，却不必然有能力一一庇荫、栽培，我想他们父子彼此的怨憾不可谓不深刻。我整个童年，祖父是个狂热的爱国奖券购买者，小镇每个卖奖券的每一期准时来找他，以铁夹夹在一片木板上，色彩缤纷，背包里更有好几叠，好像自许情圣者对世上女子的甜蜜诺言。其中一位能讲几句流利日语。我每看着他尖着嘴检视厚厚一叠，没有右手的前肢按着，烟熏黄的左手专注挑选，心中总有种奇异之感。

那一叠叠奖券好像一个漩涡梦境，其实是个残酷黑洞，吸引他窥探、身陷。家中无人敢说破，别买了，你没那个命。开奖日，彩券成了废纸。祖父这个癖好给了我最好的教训，劳与获理所当然成正比，不可相信世上有横财，起码不会飞来我身上。

小镇的夏天无有尽头。有一天祖母发现日前一笔生意找错钱了或看错标价，是镇公所的人来买礼盒，她与祖父商量，决定去追讨。在他们甚至父亲一辈也是，有些事女性出头比较容易解决。因此这天午后，祖母撑起了洋伞出发，奇怪她没有问我、我也没有要跟的意思。我看着她走向大街另一头，街心是每一天都一样的日头。我突然悟到小镇确实很小。我与祖父守着饼店，无生意，对过一面红砖矮墙，墙下一条水沟，柴屐店的小孩有时就跨在沟上放屎。

那是一九六〇年代末、七〇年代初的乡镇，夏日时光无限延展，祖父的经商营生美梦就要走到尾声，如同我与他们夫妻一同的时日也就要结束，吸收大量日光的鸡冠花像一团毛线，厝瓦冒着热气，壁上的钟滴答滴答，时间慷慨的宽限其实已经到底了。

家春秋

叙述了他家族长辈的故事，L不敢相信我的回应，同一岛上居然有如此相似的人与事。因此我们可以大胆推论，这是家庭之为磁场、剧场，人性与情感之为阴阳两极，必然相吸或互斥的（恶性还是良性）循环？

长辈从小聪慧过人，小乡镇不世出的天才，更有胆识拒绝严厉的父亲期望的生涯规划，所谓"卖冰第一，医生第二"的鲲岛俗谚，大学联考发榜，父亲收到录取通知，惊觉他偷偷放弃医学院，抓了棍子额头爆青筋追打吼叫，欲做牛免惊无犁可拖[1]，"汝孽子读啥农学院？"长辈一生唯一的妥协是接受了父母安排的婚姻，虽然有了几个儿女，但关系疏离。

那些年移民美加流行潮流里，长辈不弹同调去了南美洲，经营农场，L记得家庭相簿里那些遥远国度寄来的照片，蓝天下一望无际的草原，放牧的牛群前立着一个洒然却坚毅的男子。L的父亲视长辈为导师，一度相当动心他提议前去南半球一起打拼（其实是投靠？），犹豫许久毕竟因为缺乏足够的勇气而放弃。后半生父亲酒醉时偶尔

---

[1] 意思是，若要自讨苦吃，就像耕牛不必担心不用犁田。

笑嘻嘻的遗憾他的未竟之旅，差点拥有的丰乳肥臀女子，或许还有几个洋娃娃似的混血子女。

长辈晚年鲑鱼返回家乡，有了第二次具有结实感情基础的婚姻，然而家族遗传的疾病也逐渐浮现，那是最完美的晚期风格了，老病有贤妻，且衣食住行无虞。但没有那么完美的人生，因为疾病作祟而日渐沉默的长辈发现了前妻偷偷转移、卖掉好几笔有价证券，自此蒋晓云式的家庭剧场上演了，几个亲生儿女与他们母亲一国或动以恩情或恫吓要同归于尽，官司打了数年，搜证对质过程如同挖粪，长辈最后赢了，但原本就稀薄的亲情也折杀尽了。又几年，长辈老死，死前神智清明的公平分配财产，只是儿女不领情，一起呛斗后母，意思是若没有多你当分母，我们得到的更多。

春节，L陪母亲去探望战斗中的遗孀，两个未亡人膝盖碰膝盖对坐，共同怀念长辈的好，检讨他一生最大的败笔就在对第一任妻孥太过心软，但"虎毒不食子呐"。长辈妻子比母亲年纪轻，干净的脸，眼神透露强悍意志力，条理清晰的叙述这家庭剧的每一细节："我若讲一句白贼，予雷公打死。"

中央空调隔绝季节，落地窗玻璃旁L终于奸诈地笑笑说明原委，接到了一个关于生命契约广告的"阿路拜哪"，长辈的故事给了他灵感写出了一个他甚为得意的脚本，当然结局得改成媚俗的大团圆，争产的两方于海芋花海前见到父亲饱含文艺腔的影像遗言，留下忏悔的真情泪。L要我给点意见。

让我想想，我答。我能够将这通俗家庭剧简化为就是一场货币战争吗？难道不是？年终岁尾的隔板圈如常又是一阵人事流动，去来的关键无非是薪水的增加，因此应景的俏皮话是"只要价码谈好，一切好谈"，送别聚餐时离开的人倾倒垃圾般掏尽了共事一场的种种负面情绪，合理化他的跳槽，也供我们留下的苦涩反刍好久。

我想到自己的父亲，他一生事业上的良师挚友赶不及见他最后一面，夫妻俩来到骨灰坛前致意，我看着这位长辈坐在椅凳上不发一语，他渐渐眼里泛满水光。一生一死，乃见交情。父亲临终前两周问我们确认长辈返台的日期，得知后一样的沉默，他明了那是他无法到达会合的时间点。

千金总要散尽，由他人轮替接手，他们两人共同的静默于我才是不朽的金石。

软饭与神宠

　　家族故事对于 L 无异是一个创意发想的元素周期表，或者更像中药店的整片药橱屉，多年累积下来的专业敏感，他自信随手抓几味就是讨喜且灵验的组合。

　　一个早上，L 慌慌张张从大楼后门奔跑进来赶着打卡，一头撞破了两个搬家工人合力抬着的一片玻璃，像撞碎了一个小型太阳，失神了二十秒醒来，发现自己毫发无伤。跨进那充满人工香氛的电梯，当一声，他想到两个姻亲足以作为两个代表人物。

　　天生叛逆的小姨妈从小被外祖母骂野马，且被术士算出一身烂桃花，因此当她终于有了第一次婚姻时，家族并不意外那两鬓胡髭髭的矮冬瓜男人是个游手好闲之徒，震惊的是她的言论，时代不同，偶尔换我赚钱养翁婿有啥不对。人数超过一百的家族耳目网络陆续证实了男人混赌场，手气坏极时仍流连着自愿跑腿当泊车小弟，手气好时转去酒店舞厅散财，一叠钞票垫桌脚。小姨妈一头狮鬃蓬发、一身金衣银衣牵手出入。很快这对不良夫妻一夕间被黑道追讨赌债而离缘，逃亡到台湾头时，男人打电话给小舅舅借钱，理直气壮，一万块就好，他没钱付困在小旅馆，听筒里还传来一粗野的年轻女声，小舅妈摔电话，借钱？！我一万块丢水里还咚的会应一声，你要我提肉饲虎。L存盘这则人渣故事希望百货业周年庆或者泡面广告可以一用。

最让L念念不忘的是某一表姑丈，来自不毛的西滨小镇，农地闪着海盐的结晶，祖辈有人饿到失明，他一路苦读到研究所，大二通过普考，预官役后进入独占事业的国营企业，但始终不敢忘记贫穷的滋味，那是绵亘数代最大的敌人，也是最强的驱动力。家族当然普遍喜欢这上进、虽然甚为悭吝的表姑丈，最戏谑的但稍嫌夸张的传说是他收了一纸箱的旧鞋，留给儿女日后长大穿，一年两三次拿出拭净通风以免霉烂，檐下摆了一地。外祖母笑着护卫他，勤俭上好。讪笑声中，本岛进入货币太过丰盛成为乱流的疯狂时代，表姑丈看清方向，以六年商学院训练加上无数日夜钻研的万全准备，投身股市。远在股票机、手机成为必备之前的古老岁月，他灵敏嗅出这是一场马拉松赌局，业余、玩票者必死，必须像远古铸剑的那对夫妇全身投进洪炉才能有所成就。因此他辞去国营事业的金饭碗，在一场又一场的盘整酷杀战役存活下来，如同马尔克斯小说那可敬的将军，他说他的年龄要比同代者起码多一倍，他精神与心灵的疲累与创伤，每一道得算一年。家族不能了解的是有几年时间他神秘消失，据说是因为牵涉某一桩没有曝光的庞大内线交易而为黑道追杀所以隐遁逃亡，表姑妈大无畏的一人住一栋透天厝，如常素净的上下班当公务员，脸上没有一丝忧色。

岛上古典的金钱疯狂年代结束，昔日狂飙的人现出了底蕴，L

听说表姑丈的神奇遭遇与最新情况，他向几个人问路，还是迷途了半小时，才找到挤在老旧公寓群落中的水泥油漆庙寺，神坛旁边是一面闪跑着股票数字的电视屏幕。窝在树根裁刨而成的泡茶木桌后，则是一个两眼精光如探照灯、脖子鹅颈细长的欧吉桑，警戒地迎视着 L，下一瞬间因为认出了而和蔼笑了。在那相逢时无数记忆碎片涌上的时光廊道，L 母亲画龙点睛说，帮信徒解盘买卖股票的庙公啦，膨风[1]讲家己[2]是善财童子下凡。

　　L 说非常希望一生中能有一次走走人渣姨丈或者表姑丈的道路。

1　闽南语，意为吹牛、夸大。
2　潮州话称自己为"家己"。

父亲的白衬衫

HBO剧集《六呎风云》第一季有一集是这样的剧情，经营祖传殡葬馆的父亲车祸死亡后，长子发现了账簿有几处蹊跷，追查出父亲生前以物易物般不收丧葬费而改换譬如每月一包的大麻、一家隐藏餐馆后的小房间的使用权。关着尘埃、酒气烟雾的烂房间，散乱着黑胶唱片、扑克牌、酒杯烟蒂，玻璃窗如昏雾，不定期的父亲得以暂时抛开家业与尸体，来此与一屋老嬉皮、重型机车族，或者召妓放浪另一种即兴人生，醇酒妇人与朋友共，不事生产。长子无限同情地理解父亲在那借来的空间与时间里自欺欺人，因此想象的父亲也可能是一身西装如同落魄的侦探。

我从未真正了解自己的父亲。

太早察觉他的父亲、我的祖父骨子里重视仪表、耽美且不免过于温良的"笨蛋老实人"个性，因而受其连累太早尝到贫困的滋味，我忖测他一生警觉着不得走上相同的道路，甚至是催促自己提早熟成，辟如祖父母当年希望他投考有铁饭碗保证的师专，他坚拒不从。

家庭相簿有一张父亲与祖母立在老家或她娘家花园，一脸肃然，但母子的五官神似，彼时他年纪不会超过我出生之年，白衬衫左口袋插着钢笔。白衬衫是他贯彻一生的衣着,尽管母亲嘀咕领子易沾油垢、最是难洗,刷洗起毛了破绽了就扔弃又嫌可惜。我以为白衬衫于他必定是某种象征、某种心理错综,代表某一阶层,某种氛围,他心向往之,也定为目标奋力前进。

昔年岛内上下一体齐心齐力创造经济奇迹,财经杂志啦啦队为中小企业加油打气,让人读得心热,我记得父亲前半生屡败屡起的创业画面,总是身着白衬衫。他辞退了一个做事潦草的商专女生,她来电话啼哭着问原因,之后他们几个合伙人围坐一张办公桌几分尴尬的议论着。客厅堆着半人高的塑料垫,散发着刺鼻的化学味道,他与外祖父慎重商议着什么;狭窄的甬道通到后面厨房,摆着一台裁切机器,操作起来地为之震动,他挺直背张大眼审视手中物件。

他有着土象星座人一丝不苟的认真。我喜欢看他写钢笔字,落笔前凌空预习笔划,写出一手赵孟頫风格的字。小学时每发新课本一叠,我龟毛以月历纸包好书衣,请他在封面写上课目。我欣羡他写自己名字,尤其是"水",行草如兰草芽瓣。基因不骗人,他的字显示内里某一部分是完整继承了他的父亲。

坎坷绕了一大圈,中年时他做成功了种香菇的生意,半农半商的身份,但他仍旧改不了穿白衬衫的习惯,寒天时加一件夹克。那时他有余裕迷上种兰花与喝威士忌,第一代镭射影碟机上市,他也买了,收集美空云雀的历年演场会,与好友戏言"我家的日本婆也",欢迎来一起欣赏。

物质匮乏时代成长的人,俭朴,节制,内敛,如同祖父从不曾膨风他年少时的风流逸事，父亲从不曾提过他经商一路的挫败，多言即是为一己心虚、怯弱而辩吧。或者他早看穿我缺乏务实细胞，只因我是他的创造，他乐于当个无有怨尤的供给者，且包容我视职场如无物。至今唯有一次他来我梦中，白衬衫，脸色酡红是醉颜，仿佛回转到他的二三十岁。我们置身仿如一个商场，却到处是空荡荡的玻璃橱窗，我感觉他一如蝉蜕的轻松。

两个父亲的台北城

一九七〇年代初期,父亲在台北城居留、奋斗了四年,做了几桩生意之后,终告黯然败走,一人先行转去中部。他消失之前的某个深夜还是清早,我在睡梦中听见九妗婆借酒意上门大声理论,代替九舅公来向父亲索讨一笔原本是合资然而蚀本了就成了借债。

那或是台北水城的最后时光,我们租屋在兴建中的佳佳保龄球馆对面巷弄,巷底一洼死水塘,还有几株姑婆芋。它原本可能接着是一洼大水塘或水田填死了变为荒地,每天黄昏极目有毛绒绒的红黄落日,萧条苍凉。父亲掏出纸钞要我去帮他买啤酒,对门一排即将完工却突然停工的两层楼连栋住屋黑沉沉足以吞噬人。他壮年增生的、我无从了解的郁闷与夜里盲人按摩凄怆慌空的笛音重叠,每天晚饭佐一瓶台湾啤酒是他"心凉脾肚开"的豪奢享受吧。有一周祖父母突然来了,寄住在同一条巷子二楼的大姑家,母女一大早装扮整齐前去八里拜一座据说非常灵验的庙寺(义贼廖添丁?),祈求财运。父亲非常厌憎如此作为,他一生信念,钱财是血汗拼搏来的,向一座柴头偶也烧香磕头便可求得,荒谬,无骨气。

一觉醒来,搬了家,而父亲不在了,接手来的是外祖父一家、五叔公一家，更有延伸的戚谊若干，一挂一挂粽子般来去，混居在不到三十坪的公寓租屋，两层铁床如通铺，围上草履虫图案的布帘，床前一堆拖鞋，睡前他们不改乡居在三合院埕内大嗓门开讲的习惯，仿佛一班隆隆响着、不知开往何处的时代夜行列车。

是技术与生财器械方便在姻亲关系中转移吧，外祖父也开了一家面包店，形同货柜的烤炉便是乡下家里的那一座，睹物思人，我想象庞然大物的它是如何从小镇搬运上台北城，怀念短暂的冬天里它散发的热力。没多久，面包店转型为小吃店，卖鲁肉饭、汤面、馄饨、肉粽，父亲每隔一段时日匆匆回来，似乎我还来不及与他说话，早晨醒来他又离去了。

生意既定，亲戚四散各寻生路，母亲随外祖父一家租了菜市场旁的两层楼木造违建，二楼其实是不及成人高的阁楼，楼梯外不知为何有个如武侠片的暗道。那时的台北城违建蔓延如霉菌，菜市场嗝出蔬果腐味、鱼腥、鸡鸭屎臭，火烧似的黄昏有鸽子啪啪群飞。

印象中父亲与外祖父交谈比起与我深深思念的祖父更为契合、更有一份男性的情谊。同理，我怀疑外祖父对他是否比对舅舅更包容、更有疼惜之心，共同商量过什么赚钱大计，然而时也命也终究无成。

我小心地与外祖父母保持距离，始终无法亲近，必然在我意识里有一条简单公式，亲近他们就是背叛、削减了对家乡祖父母的感情。我用着外来者的眼睛看外祖父，漫长的暑天下午，他打开大冰橱，取出一块豆腐，淋上酱油，洒上柴鱼片花，乌唇大嘴一大匙吃将起来。他懂得享乐，肯花钱，爱美食与时新器物，假日带着一群孙儿女去松山机场看飞机、游草山,转到北投洗温泉,大头大眼,身量若铜锤,讲话重低音,不怒自威。他更是极有权威的一家之长,有他在,即使已经五个儿女的舅舅也隐逸无光。他嫌自己唯一的男孙过于软弱,亦从不假以慈色。

我其实怕他。我相信当年从中部率领一家迁居台北城从头开始是外祖父一人的决定。

一如当年决定北上一闯,不相信"人两脚,钱四脚"而相信有一番事业美梦在前方的是父亲一人的决定。

小吃店的共同点永远是工时长、琐事繁,打烊后的准备事项更多更杂,周而复始。我与舅舅的儿女们假日以剥一大铝盆的白煮蛋蛋壳为乐,偶尔被叫唤支持洗碗,各自想法逃遁。那个盛夏,我童年的终结,台北城炎热得柏油路软绵绵,黏住塑料拖鞋,我们的探险疆界无法再推得更远了,局限于建国南北路的荒地,周遭的眷村在拆除,堆栈着水泥与木材废料、野草废土,有一处资源回收场,让我们发狂于捡拾破铜烂铁换取几个硬币。潦草且漫长的黄昏,我望向地平线,幼稚地发誓有一天要去到那里。

父亲又一次匆匆回来,我们火速搬到对街的楼房(那两年搬迁范围始终在方圆几百公尺内,因为预算、时间上的经济),对于一直奋斗着要摆脱贫穷的他必定恼怒我们租屋住在违建。我第一次大胆要求他买一本辞典,他脸上不豫,还是带我上一家磨石子地光亮的文具店买了,我每逐页翻着自学生字,心中总浮现他的难色。

大同水上乐园开张前,外祖父得知,嗅出商机,立决兵分二路与一亲戚合伙在乐园大门对面再开一家餐饮店。大人期期以为一条金光大道就此展开了，毕竟疲累奔波两地，蒙昧的第三代只会兴奋有了绝佳新天地可玩耍。

　　前去乐园得在万华转车，客运、公交车的乌烟里，拥挤者太多的人、过度的货物与太吵杂的声音、太明艳的色彩，我怀念祖母的美感，能简能减能敛才能骨秀、神秀。据说有着全台第一座人造波浪泳池的乐园所在，有机会先来探险一段时日的表弟妹发现围墙一处傍着一棵龙眼树，正好攀爬免费入园。太阳下，满满来玩乐消费的游人。墙边是农家老厝与泥土路径，更有大片简陋砌建的屋舍簇群，非常粗糙不文的异乡，唯有够坚韧够强悍者得以存活。新小吃店生意兴旺，午餐尖峰时段人潮如浪潮涌进，我手捧一碗热汤，遭客人一挤碰，烫伤一整手掌。母亲也在隔了十年后再怀孕，我看着她肚子大了起来，感觉异样陌生。在中部山区，父亲转业似乎有了不错的开始，圣诞节长假，他特地带我们全家南下一游溪头，他工作地旁一条冬天荒枯遍河床的累累石头，走近水边才发现仅剩的河水犹然湍急。

　　秋冬某日，表姊慌张地跑来叫醒还在睡觉的母亲，"阿公死了！"我记得母亲下床时尖挺的腹肚，西晒的窗户明亮。据说外祖父那一早如常起来开店门，喝了几口的牛奶瓶放在桌上，心肌梗塞遽然将他击毙，他用以打拼、奋斗的店正面对着乐园。

　　我木木的看着母亲独自哭泣，外祖父出殡她因是孕妇或其他我不了解的理由，并没有返回家乡参加。我暗自想，合乎情理吗？黄昏之后，城市巷弄上空还是有它的光亮。

外祖父的死亡其实宣告的是两个父亲、两个一家之长、两个供养者闯赴一个新兴城市自求生计的结束，多年后我臆测，父亲应是拒绝了外祖父卖吃食卖劳力的合伙提议，无关行业贵贱，那不是父亲所擅长，在他盛年的时间，他还有余裕可以拣择，那是他的傲骨与硬颈。

那个七月的早晨，父亲领着两辆货车装载着我们全部家当，我帮忙提着一支水银胆热水壶给初生的小弟路上泡牛奶用，车轮转动，告别了那年代的台北城。

遥远的长夏

翻出红色塑料皮封面氧化了的小学毕业纪念册，若真要按通讯簿寻找这样的地址："松江路 123 巷 17 号"，必然会如武陵人重寻桃花源，因为原址成了一小块围植绿树、铺着塑料垫的麤鄙公园，太阳荒荒。

四十年前的该地临街巷一角是外祖父的面包店与小吃店，五叔公的大儿子、我唤作阿舅接下一早的时段卖早点，购置了一台磨豆机器，肯定有原住民血统的他瞪着晶亮大眼，开业前试做了几日夜，我们小孩兴奋如过年，围观沟槽流着雪白浆液。阿舅不满意，暴躁地喊豆子发得不够，"哑巴了，变哑巴了！"一日等到午夜，一屋子飘着浓郁温暖的豆浆香气，全家试喝得满头大汗，好简单的幸福。

巷口的亚克力箱店招在夜晚非常明亮，外祖父双臂抱在胸前，两脚分开比肩宽，立在光亮里若一座铁塔，因为乌黑而显得甸重的嘴唇紧闭。我从柏油路上捡起一张遗落的学生大头照，偷看他或者思考他的店生意何去何从吧，短短数百公尺的街上就有两家同业老店，街坊情义犹重的年代，怎样让他们喜新厌旧呢？他也或者在默默计数供需基本面，是否足以支撑不蚀本进而有盈利立足下去。（巴尔扎克："世上只有野蛮人、农夫和外乡人才会彻底把自己的事情考虑周详。"）我依稀听过他年轻时在家乡做过麦芽糖生意，想必是日剧时代纵横台湾的制糖产业的下游。

多年后在林强"向前行"的歌声里，我听着心里发热，想到那些年赶上前进台北城淘金热的外祖父与父亲，父亲虽是陀螺多磨毕竟转进了另寻生路，外祖父算是出师未捷身先死还是当了时代的炮灰？亮如白昼的店里来了一群早一步北上移居、外祖父母的亲戚晚辈，空气里都是血浓于水的宗族热情乡音话语，一个矮壮的表舅或姨丈，穿一条崭新毕挺白长裤，我惊诧除了影视明星真有人这么穿。

城乡差异于我是在磨石子地上看影集《神仙家庭》、《太空仙女恋》、《妙贼》（外祖父店里看的是《西螺七崁》），是白皙的脸与手脚，是名字取做翁必扬、朱征界、潘琛、贺美美的台北同学；我跟着到弟弟同学家，在全是他们兄弟空间的敞净三楼，看一少年持剪刀将一条牛仔裤犀利剪成了短裤。

早在母亲怀孕前，夏天开始了，五叔公一家分租了青苔炼瓦人家一如温州街的美丽屋舍，我在街这岸看外祖父的店，时光如油泼在水上，我总觉那不是我的家，遂转身在棋盘式巷道里走着恒常有异乡之感，听到口琴同好每周一次集会演奏出悠扬乐音，向往极了，模糊觉得有一技之长便可闯天涯去。

我一人爬上顶楼摆着几盆麒麟木的水塔上，看见南京东路的烟尘，看见弟弟跟一群童伴在巷子里玩克难棒球，看见巷口那家以古法手工制作的棉被店，那弹棉花的弦声沉沉如夜深沉好听极了。我看见母亲挺着大肚子的身影在店里帮忙,应是收拾残局吧,主人既已成了亡者,那店也只有凋零了。在店里帮忙的一位远房亲戚说,半夜她听见外祖父回来了,厨房里打开橱柜拿碗筷。

  我惶惑却无人可问。只等着很远的楼顶有个人影点子出现,幻术一般他放出一群鸽子啪啦啦在低矮的天空飞梭,我想到家乡的二叔也养过鸽子,厝顶搭过鸽舍,似乎听到咕噜噜的鸽语。父亲迟迟不回来,我挣扎着应该有什么感觉才是对的,高空有风。就像祖父母,迟迟不回来的父亲在很远的远方。

阿姨

至今我仍然清晰记得她的脸，男相，而非苦相，肃然认命，嘴巴紧闭，却又一种不自觉的坚韧之气。

她来找母亲帮她写信给狱中坐监的丈夫。她是母亲唯一的嫂嫂的（堂？）姊妹，母亲的亲属单位用语更精准，"叔伯姊妹"，因而我得随舅舅的儿女喊阿姨。虽是姻亲但不可能一时就亲切了，但我感受到她浑身的家乡气与泥土味。

那个软硬件、个人手法与知识粗糙但诚意正心、拼经济的年代，因为票据法而妻代夫罪入监服刑，或遭通缉逃亡的故事时有所闻。阿姨就是其中之一。确实故事必然比我那年纪所能理解的更悲惨。她只身（离乡、骨肉分离？）来到大姑家帮佣，晚饭后空当走到同一条巷子只隔数户的我家按门铃，低头坐在圆凳上，母亲拿出纸笔使用父亲的桌子笔录。她讲话的腔调带着少许的海口腔，有些字到了句尾特别软而余韵回绕。她平静叙述，从不哭腔或流泪。母亲也是形同应试写考卷的正经。并不全然是相濡以沫的同性情谊或只是同情，母亲与大姑心底是敬佩她的。

我们租屋的巷子地势低，每逢大雨浴室马桶的粪水如涨潮倒灌，然而另一间卧房分租给父亲的一位朋友与他的情妇,两个女儿分别小我一岁、三岁,却苦无户口而不能上学,每早看我与弟弟背起书包羡慕得眼红哭声。我也得叫情妇阿姨,她常时梳着贵妇头、化妆,语调柔媚,与母亲分爨煮食时彼此的小心翼翼却总让我惴惴不安。多年后我还是不解盛年的两对夫妻如何隔着薄薄三夹板而生活,就为了分摊分租?一天我似闻到屋内浮着不安气氛,从我与弟弟的两层铁床上一探头,惊见隔房如飓风过后,所有家具尽成了瓦砾堆。两人前日发生剧烈争吵,情妇自此如烟消逝。

隔壁邻居一串五个小孩,他们天真得近乎可耻、总是笑嘻嘻的母亲似乎又怀孕了,一身仿佛睡衣裤到处游走,五个小孩放牛吃草,周末周日我跟着老大老二漫游探险当野孩子,看杨家老二随机拿取人家门口的派送牛奶喝了,爬墙进入无人空屋,无一物可搜刮便穷极无聊摘取吊灯的仿水晶坠子当飞镖。一个昏黑得景物起毛边的傍晚,我们在一排空屋二楼爬窜训练自己当飞贼,任何一扇门窗望出去永远是另一扇门窗里的虚空,让我心里空慌。

随后某个这样的傍晚,我与弟弟怀着歹念来到大姑家偷钱,一进入主卧就给阿姨瓮中捉鳖,随即前去向父亲母亲举发。当晚家法罚跪,我在懊悔的泪眼中看她坐在一旁如同法官或证人。

四十年后,大姑以结果论的感慨语气告诉我,阿姨苦尽甘来行老运享福了,两个儿子在大陆东南沿海办厂赚大钱了,两兄弟真友孝,砌大厝开奔驰。我想到的却是搬离台北城的暑假,我在开学前一人北上补办未遂的转校手续,重回旧居的街道,其实离开不过两个月,一切已经俨然陌生,见不到任一个昔时玩伴。我看着街对岸外祖父的店依然在,原状留存,物在人亡,而店里正忙碌着的是阿姨,还是一身黑灰,不曾松懈的坚硬脸色。我惊讶着却未能如同外祖父的亲族如被磁石所吸踏入店里问安打招呼,继续快步走向街尽头那所我讨厌的学校,短街两旁的景物如流光,时间如流水,确实没有一人能够踏足同样的河水两次。

旧厝岁月

多年前，旧厝就已经尸骨无存了。它远不是祖母引以为傲起码瓜瓞绵绵三代、纵深的大厝，连三合院都算不上。倒 L 的配置，直竖的那二房一厅是六年前为父母成婚而扩建；房的衍生，墓碑上恒是有字如此呼应："阳世□大房子孙"。新房坐东朝西，每天的西照日如同一座满满的谷仓，饱实的谷粒沙沙流溢，稻芒刺痒。但是门口埕从不曝稻，三伏天曝棉被，祖母辟了一大区块种花栽果树；如毛线织就的鸡冠花，傲骨直立的孤挺花，春夏落果腐烂得一地黑沃的杨桃，一棵我仰望许多年就是不孕的人心果。唯有壁虎，从那片旧房游移过来新房，昏暗夜里一样叫得嘎嘎哒哒响。

光厅暗房，台闽人的观念。旧房坐北朝南，偏晦暗，有一个夏天午后，大我十岁的四姑带我游荡到小镇边界，糖厂小火车废弃的铁轨两旁姑婆芋海，回家晚了，惹恼祖父母，四姑龟缩于床上，藏进薄被里，祖母骂她野马，挥着一长节竹片啪啪箭，仿佛黑白片的房间里跳动着粗颗粒残影。果然，日后这匹野跑得最远。

无恒产者无恒心，旧厝的土地承租自公所，上溯日据时的街役场，不啻是中部一个小乡镇千家万户的一个抽样。生为长子也是长孙的我始终好奇但不发问（台闽人道德训诫之一，囝也人有耳无喙[1]）的疑问有三：祖父母同姓？家中不务农作稼？祖上自何处来？

祖父温良，结拜兄弟一挂，走在镇上唯一的大街，总是不间歇地与人点头打招呼，屡被他的妻嘲笑若蚼蚁。漫长无聊的白日，我发痴看着墙脚一只蚼蚁发现了一颗米粒因而急忙逆返去传达消息，它昂着触角与来支持的一长行同族的每一只摩擦，好快乐。祖父与祖母娘家走得勤，他应是喜欢那一大家族叫"姑丈"的情义，但他自己实则是孤丁，我无缘识得的曾祖父母好早以前就做了显考妣，粗劣模糊的遗照挂在墙上。透早，还未被晨晞驱散的雾气里，祖父起床开厅门，门脚柱在臼里刮响。祖母起得更早，径自去灶脚，压帮浦取水，大灶熊火。

脱农入商，这是我执迷且认为是给祖父、父亲一生最好的解释。那确实是他们戮力一生的志向，只是我未免太少察觉那浓缩简化的四字表意底下潜藏的曲折。与民国同年诞生的祖父之所以是孤丁、得以不做庄稼汉，正是他的先人连"一分狗屎地"亦无的赤贫吧。好佳哉，在日人殖民下他受了教育启了蒙，学得一口流利日文，会拍算盘，会弹奏乐器，养成西装皮鞋带手帕的习惯，有此配备（他自认为）够他挺身朝现代的上升之路迈进。

上升之路，道阻且长。我作为一个从物质到身心的饲养照顾完全恬然的接受者，只对旧厝的一切视为理所当然，甚至从不追问祖父是如何失去他的整只右手掌与五指。墙围外是一片杂粮田，罕得

---

[1] 有耳无嘴，意思是当大人说话，小孩子得安静当听众，不该插嘴。

见种稻，年年暑天总有空气窒闷非常的夜晚，郁积在那片田的空旷之上，嗅到气压迫到屋檐、鼻尖欲雨的水腥，然而雨就是一滴也不肯下来，突然起炽燠，如同天顶任性地泼洒水银。床上生了一窝小鼠，二叔一手抄起，走到檐下朝天际一甩。

毕竟是平凡小乡镇的一户寻常人家，父亲在精神上全盘继承无恒产的祖父的重商路线，不屑进入师范体系，他们父子共同的想象正是二千年前的晁错之忧，"而商贾大者积贮倍息，小者坐列贩卖，操其奇赢，日游都市，乘上之急，所卖必倍。"男不耕女不织的世界，是多么广阔。虽然生为长子的父亲，目睹了没有生意人天分的祖父惨败的过程并且身受其害，负债累累，提前切断他以更高的教育文凭翻身的机会，他还是再接再厉。

暑长寒短的旧厝，厝瓦到了正午，日头熟爆哗啵，像极了热带第三世界恒有骤雨或秃鹰落下的铁皮屋顶；祖母得闲哼一支烟，手摇葵扇，啧啧哗热、真热。无色焰火的日光烧爀，它浑然不知觉外面的世界、远方的战火，一如搁浅在时间大河的汊弯里。

在父亲带着母亲一次又一次离开旧厝与家乡，且一次比一次背离得更远、更坚定以贯彻其脱农入商的心志之前，父亲试探般用他一己的能力是企图改变它的意思吗？包括他用生平第一份全职薪水购了整套的收音机与电唱机，驶入一辆今日的"野狼"犹存其体型的欧兜拜（autobike）、一辆车头尖鼻状的三轮小货车，车停在龙眼树下，唱片里梵亚林演奏《诙谐曲》，象征遥远另一个地方允诺的幸福。父亲岂有神力预知城市里将有第一次石油危机引发的灾难等着他。

一个晴天，他作为少年老成的父亲骑欧兜拜载我到溪边钓鱼，沿路后退的农作物如绿色烟雾，他恐怕也不知一百年前那圳沟般的溪流曾经莽莽苍苍。

在祖父盛年末段与父亲盛年初始两相交集的时日，便是旧厝的黄金岁月。而所谓黄金死亡交叉，其后各自走向盛极而衰所有生物必然的路径正在慢慢地加快各自的脚程。还没有来。幸好还没有来。旧厝，于时间轴的此一坐标上安如盘石。

似乎悠长其实短暂的间隔后，我之后，在旧厝受孕的新生命一个个出生。或者，祖父母的女儿们也带着她们创造的新生命回来短暂作客。旧厝，仍然是一座永远的磁场。

因此，每一天仿佛是永恒的夏日，我爬到番石榴树上，选定一个枝桠窝着，南风猛烈，掀动如海浪，一波又一波，日光烧炙的番石榴好涩的野腥，我看着整个安静的旧厝，光影鲜明，听见安置着祖先牌位的大厅的壁钟当当当敲响了。

衣弃

父亲不在，满三年了。

当年与父亲自由恋爱的母亲，在告别式之后，坚决、快速的找来装潢师傅将住家翻修了一番，铺了木地板，换了新窗帘，厨房添了一道毛玻璃拉门，餐桌上方换了一副新灯，墙上挂了一座咕咕钟。而父亲专用的一些日常器物，譬如泡茶的推车、烟灰缸、不求人、电算机、老花眼镜、瑞士刀，全收藏起来不见了。

母亲甚至让出了她与父亲的主卧房予结婚才两年的弟弟，将自己的房间布置得有如干练的单身上班族的闺房。

焕然一新的家，父亲不在，仿佛理所当然。

客厅里，一帧黑白遗照立在祖先牌位与日历旁边，以前一直都是父亲在撕日历。撕下的昨日纪录，他铺在垃圾桶底接纳今天的废弃琐碎。

不在了的父亲，寄给他的广告信、银行与基金的账目明细对账单却始终不断，甚至诈骗集团的电话，一段时日积了一叠在他的位子前面的大理石桌上。晴日的天光与高楼的旷风映照吹拂，一封封尽是物质商品的甜美诱惑、涨跌赚赔的金额，我代替父亲拆阅，企图以死者寂寂的眼光看穿这现世的生猛聒噪，屡屡不成功的反而让自己内在翻腾着。

仍然强烈意识到那是父亲的座位，不愿落坐那位置，占据那空间。我好奇的是，父亲究竟是去了哪里？

一个看似太简单也太困难的问题，让人羞于启齿。

古老东方的灵异信仰，召唤名字的神秘力量，那念力与音波传说可以辐射穿越那不为肉眼所知的空间，心的声音，天涯咫尺，隔壁房间，一如满月夜晚，瓮里的水特别甜，饮者自知。

荣格穷古追今，为世人爬梳："拉丁语中 animus（精神）和 anima（灵魂）与希腊语 anemes（风）是同一个词，希腊语中'风'的另一种说法 pneuma 也表示'精神'。同样的词在歌特语中我们发现有 usanan（呼出），在拉丁语中则是 anhelare（喘息）。在古代北德，spiritus sanctus 被翻译为 atun（呼吸）。在阿拉伯语中，'风'是 rih，rûh 是'灵魂、精神'。希腊语 psyche 与此相似，也与 psychein（呼吸）、psychos（冷）、psychros（冷、寒冷）、physa（风箱）有关。这些词源学上的联系清楚的表明，在拉丁语、希腊语、阿拉伯语中，对于灵魂的称呼是如何与气流、'精神的冷气'的想法有关。这或许正是原始观念之所以把灵魂说成是一种看不见的气体的缘故。"

那日过午，我目睹父亲在他的床上缓缓且孱弱地呼出最后一次鼻息，我坚定心思认识这就是死亡，随即望向墙壁上的钟，记住时间。

父亲在世时的午晚两餐，必须有汤，空心菜汤是最常出现的，原因当然是他爱吃，热天尤其显得清爽，他喝汤时与日本人吃拉面一样的习惯，呼呼飕飕非常响亮。我同桌听着难免有些尴尬，后来我找到了解释，他那一代受日本殖民的影响吧。

即便对于存活者，每一天就是一场微小的死亡。看着父亲空出的沙发座位，向北的落地窗开向宽阔的台中盆地，轻易灌进凉风；窗户稍微开大些，风势转强，饱饱蕴含着如同自由意志，扑上头脸，扯着肌肤表皮与毛发，让人心思如同纸风车呼呼的旋转，想，父亲在这里吗？

头七一早，母亲说天欲光时恍惚之间，一下子闻到了一阵父亲的体味。隔了相当时日，母亲才又梦见父亲穿着汗衫在浇花。

父亲有绿手指，在透天厝的旧家，曾经热衷养过几年兰花，投注了许多时间、心力与金钱，品种大朵盛开有如初生赤婴的首级，置于茶几上、电视机上，正面看去，摆出非常浓烈的性器意象；抽长的蕊丝，又挑衅又英气。

花期一过，父亲以剪刀辣手一声喀嚓，丢进垃圾桶，落花犹似斩首。

我之后恍然大悟，年少时真正尝过贫穷滋味、被迫过早以劳力证明自己的存在价值的父亲，即使有了生活的余裕与闲情，那艰苦粗砺的底子还是在的，在某些关头不涉温吞或温情。所以面对自己的死亡，关键时刻，父亲坚决的、不拖泥带水的洒开大步，放手前去，不唠叨，不勉强。甚至对母亲，也没有交待多余的话。

几个月前，父亲终于破例的来到梦中。灰扑扑好空旷的卖场，玻璃橱柜稀疏的摆着一双双鞋，另有台子堆着夜市常见鞋帮色彩艳丽的拖鞋；一如入殓时的衬衫领带西装，微醺泛红的脸，脚上穿着一双蓝白塑料拖鞋，带着酒意微笑着游目四顾。显然，父亲想要一双鞋。

梦中的父亲，轻松了许多，也年轻了许多。

只是，这样坚决不再来入梦的父亲必然激怒了与他牵手半世纪的母亲吧。

亡灵与活者之间，如果通往梦的钥匙是握在前者手中，后者如何能不恼恨？在那茫茫渺渺若假性死亡的梦境，活者等待亡灵，活者被亡灵所监视、垂怜、指引或讪笑，唯有复制清醒时的空中楼阁，等待亡灵的一团呼吸、冷风翩然进入，翻转时空轴线。

等待、召唤亲人复活于我们的梦土上，鸟飞过晴日天空，磷棒擦过火柴盒侧边。

火化之后的某一日，我出外一趟，回来看见门口突然放了两大袋父亲的衣服，母亲清理出当废弃物要扔了。我又恼怒又恐惧，弯下腰恋恋翻检着，两手不由得愈挖掘愈深，电光石火间不得不承认母亲是对的，我抽出两件父亲常穿的外套，像个贼趁着母亲没看见偷偷再带进屋内收藏。

外套一个口袋里有一张父亲在最后的病中时日放进的折叠整齐却老皱的白色卫生纸。

盛夏的事 ○ 大城小镇

门房

畅销小说《大老婆的故事》破题即是："曼哈顿，梦想发光的岛，在黎明前的黑暗中入睡。它是梦想成真的岛，也是梦想膨胀、废弃，有时沦为噩梦的岛。"之后，幸与不幸的故事便在那孵育岛上美丽无比天际线的豪宅里交缠上演。

住在曼哈顿逾十年的 P 别有洞见，门房，因为职业必须蹲伏仰视的角度，才是真正看清纽约客嘴脸与表里的人。

在这强悍、世故的世界之都，门房这一职业对不时得担忧遭资遣、解雇的白领上班族如 P，虽然完全符合"谨小慎微"，他们譬如宝藏入口的守门人，而 P 愿意倾听，试图了解。

P 的住处是"二战"后建造的地上建物与土地所有权股份化的共营公寓，整栋楼的经营管理也由同一公司负责。他的置产精确说是拥有公寓持股。不只是因为作为访客，我总不能习惯出入有人如同佣仆利落地拉开玻璃大门并且问安的阶级感。服装也白领化的门房，出卖的是简便的劳力（提行李、接送送洗衣物与采购货物），能否更上层楼提供细腻如忠仆甚至心腹家臣的服务，各凭选择与聪明了吧。P 说，纽约市门房也有工会组织，年薪在五六万美元，不成文的游戏规则也是重点则在年底感恩节过后，门房们集体署名送给住户贺卡，提醒该准备圣诞节红包了。现金，自然不必缴税。如果该年景气好，华尔街牛市封关，水涨船高，红包之丰盛可想而知，一笔足以用不同材质打造日子的金额。金钱衡量价值，理所当然。

P微觉不安的是他们有如活的监视器。是的，他们若有侦探、犯罪类型小说主人公的敏锐眼睛、博杂知识、归纳解析能力（马修·史卡德客串当门房？），住户岂不如同活在玻璃橱里。因此，P坚持看在眼里而能守口如瓶才是门房的第一职业道德。

一班七人，P细数哪个混，哪个懒，哪个新进的最努力，他最喜欢的是才卅出头的赛尔，东欧移民第二代，方头虎背熊腰，不流于油滑的好口才与高人气，反应快，能跟各年龄层各行业聊得如水流花开。确实是因为与赛尔几次闲谈，P才悚然悟到这些守在大门口的他们、他者在住户生活（生命？）里如同记忆芯片日积月累储存了素材，只待有心者分析便见底。然而门房看见，不必然同情理解，但或者犬儒或者感慨，人啊人。更或者，他们看守的其实是他们投射的梦。

赛尔的父亲则从多年的门房升为领班与技工，地下室有属于他的一方空间（因而可以随传随到？），一身便服或者提着工具箱常在各楼层巡梭。身为第一代移民也是移工，他告诉P，现在每年年底长假他都回东欧家乡探亲，或者就是一趟趟的衣锦之旅吧。遍曼哈顿到处是这样非盎格鲁－撒克逊白人的西方人门房。

我在野鸽飞落地上啄食的晴天上午，看见不当班的赛尔在大门外，一身宽松荧光的篮球衣裤，戴运动帽，典型一谈起运动赛事就滔滔不绝的老美。P 始终不解的是以赛尔的天分条件为何甘于承续父业？如同一切行业，有了父亲老鸟引进，入门门坎大幅降低。这难道是职业的今之世袭？或者图的就是一份安稳？旁边是穿着西装制服偷空来到户外花坛边抽烟的另一栋楼的门房。

我想到写出《时间机器》、女友形容身上有面包香的韦尔斯，据说他的父母便是大户豪门的管家仆役，他因此永远不能忘记出身"楼下的"身世之感，微微如跳蚤的骚扰。

公园大道

　　走出 P 位于上东城的公寓大门，左转就是列克星顿大道，前行向西依序是公园大道、广告（狂）人的麦迪逊大道，再跨越第五大道的车水马龙，立即进入中央公园。

　　晴朗干燥的白日，地铁出口周遭的列克星顿大道商业兴盛，显得杂乱缤纷，各式连锁店来插旗，烤批萨的香气里，路边蔓附着近东或中东人的水果摊（蓝莓一盒、芒果一个、香蕉四根各一元）与黑人摆设的货摊，是以失去了上东城的矜贵幽静。P 最懊恼的是近年景气低回，附近不少老牌餐厅营收难抵租金开销，纷纷收了。那样拒绝复制、量产的个性商店一消失永不重生。

　　杂乱缤纷往西急遽减少，被棋盘式街道所规范的建筑簇群典雅内敛，形成不了夸张的天际线，一路上一楼的褐砂石墙壁镶嵌着铜黄医生名牌，我从未看过病患出入，边、后门出入的恒是门房佣人或建筑装潢工人。所谓富者大隐于市。偶或发现一块解说碑，说明那三四层建筑是建造于百年前或十九世纪晚期的古迹，铸铁栏杆内，花草扶苏，奶白木门上伸出一盏古味风灯，时间在此驻留。

　　P 喜欢公园大道，我取笑他是在强力且精密竞争的职场待了二十年养出的"大丈夫（居）当如是也"的心理。没有人敢否认公园大道绝非暴发户的富贵逼人，尤其上东城一带如同保护政策呵护养成纯住宅区，隔绝了市嚣，确保了质量纯度，人行道无有一张废纸或垃圾、更不见任何游民流浪汉边缘人。一百四十呎宽的道路中间的安全岛花木绿带百年前曾是终日噪音嘎嘎与黑烟喷吐的铁路轨道，而今随四季节庆栽种布置，甚至摆设艺术雕塑品，仔细看花草间有一块"公园大道基金会"，上世纪八十年代开始，市政府再无财力供养这条绿带，遂由两旁住户捐输自立自营，所谓的市民与小区意识的良好典范。

P点破，以上东城人的精刮世故，哪会不知房地产的保值与周围环境的鱼水关系。所以说穿了还是极古典的"看不见的手"的自利机制。

一个阴润午后，我往南走到中央车站，现代、后现代的商办高楼一路递增，天际线是紧张激荡的花腔女高音，街上的人也匆匆无有余情。我即刻趱回北返。没有不好，起码是双赢局面。

列维·斯特劳斯一九四一年初履纽约市，他锐眼观察到当时的"文化结构也像它的城市结构一样处处都有些空洞，如果你想在这面镜子后面发现那些引人入胜、近于幻境的天地，那你只要选择其中一个空洞，然后滑进去就能如愿以偿了，就像爱丽丝那样。"他所谓的空洞是否指的是阶层、贫富差距、土地商品化的尚未高度发展而结晶化以前的松动？梦想得以自由流动于孔洞或缝隙，还没有完全让渡给好莱坞梦工厂，质变为其独家专利。

然而往北的公园大道愈走愈冷清，我看着穿戴盘帽、西装的门房冲出大门，搀扶一满头银丝、走不动的老太太下车，一颠一颠走回她皇陵般的豪宅里，自然另有人为她卸除她的外出采购。这里早就没有任何引人入胜、近于幻境的天地，去圣邈远，昔时的"空洞"一个个被填平了，就像P惋惜他住处邻近的个性小餐馆一家家关门停业，就像门房与老太婆住户之间虽然形体可以如此偎傍，却是不可能飞跃的天堑。

星沉地底

一九八九初冬的黄昏，我穿着厚重雪衣一路穿过昏茫茫格林威治村来到世贸大楼前的广场，冻得耳朵发痛的冷空气中极力仰头，看着那如同插天的垂直星舰，寒光吹落如星雨，地上的每个人确实渺小如蝼蚁。看久了终究失去了真实感，那非人性比例的巨大，宁愿当它是幻影吧。

三年后，室友的朋友带着我们如同土包子观光客经过几层警卫上到六七十层的法律事务所一游，我们挤到落地窗边看一城狭长灯火稠密若鱼卵，哇哇大叫。原谅我的负面联想，那是火山岩浆般的炼狱之火，楼墙与楼块之间的街道如渠，七月半金炉里金纸花之复瓣烧成焦黑的艳橙火烬。盛极岂止而衰，毁灭吧。再一年，留下来工作的另一友人捎来信息，大楼遇袭，走数十层的楼梯下到一楼疏散，仿若走出鲸鱼腹，人人股栗腿软。所幸，这两位友人皆在"九·一一"前辞职离开世贸大楼。

而今，"九·一一"纪念馆及广场成为热门观光景点，是反恐的延续也为管制人潮，得先上网登记。我混在汗臭与香水味的肉体乱流里钻出地铁站，眼前大工地赫然耸立一把利刃的插天巨楼，通体晶亮，日月于其上溜滑梯。游人汹涌先去两街外取入场券，再回溯排队通过比照登机的安检，下到两座南北大水池，警卫严禁喧哗嬉闹，绕池刻着三千多位罹难者姓名包括当日救援者，金字塔经文："死人活着"于焉成立。是哪个独裁者说过，死亡人数一旦庞大了，人们只觉是一堆数目字而已。我在行列中搜寻是否有穆斯林，他们敢来吗？比起死于美军各式精良炮弹下的穆斯林人数总和，三千亡者是怎样的数字？

提起下城，尤其苏荷、百老汇大道一带，P就一脸嫌恶，痛骂"简直就是一座大购物商场"。来自世界各地观光采买消费者如同蚂蚁大军覆盖此区，冲垮之前至少养了一百年才养出的稀罕的在地人文特质，如此潮骚提着鼓鼓购物袋、囤着一肚子垃圾美食、舔着冰淇淋往下淹至世贸大楼旧址，等绿灯时随街头艺人摇摆唱"Call Me Maybe"，十一年前双子星大楼的启示录般的毁灭如同波湾战争飞毛腿飞弹的灿烂烟火大秀都是屏幕上的一时奇观？苏珊·桑塔格之书《关于他人的痛苦》是这个已经无有秘境与空白之地的平坦世界的最平价的嘉年华？

接过街口工读生派发的洗衣精试用包，我拐进一七八九年乔治·华盛顿总统宣誓就职后来祷告的圣保罗教堂，稀薄林荫后院即是墓地，不多的百年古墓，碑字风化、生苔得难以卒读，我草草绕了一圈，读出躺在泥土下的骨骸不只是神职人员更有一位来曼哈顿闯天下的娱乐业人士。死亡让众生平等。教堂内当然也成了观光客歇脚、上厕所的好所在。

墙上黑白照片有"九·一一"浩劫的各种粉屑碎片飘落覆罩整个教堂及其周边，厚厚一层如新雪，顶多中年的神父因心中有上帝面对浩劫脸容平和，十一年过去了，挑战神迹的新摩天大楼即将完成，古老的教堂没有更老亦无岁月的损伤，但"昨日的雪而今安在？"这其实是神从未驻足之处，虽然人做了神的事，当双子星毁灭，唯有人完成他们应该完成的。

小说《苏菲的抉择》有文如此，"问：'告诉我，在奥斯维辛（集中营），上帝何在？'答案是：'人何在？'"

西城故事

P网络上买了上西城一家标榜创意菜的小餐馆的团购优待券,预定时间半小时前,我横穿中央公园,衔接百老汇大道上行,天色如蜜,慢慢的暗,路树疏剪后的枝叶堆在路边,溜狗人牵着美丽的大狗,老教堂的大门紧闭,因为上帝也要休息。

曼哈顿分东边西边、上中下城,对称俨然,其间星罗着各式风味、个性或地缘特异的群聚,像是巴西原住民卡都卫欧妇人脸颈的花纹图案,"同中有异,对称中有不对称,各种花纹沿着轴线两边所呈现的颠倒对映,线条、弧线的角度以及底部的样式,则俨然起着一种'镜厅'效果。"(列维·斯特劳斯,《实验室里的诗人》)这张地图的花样,是否也如大师所定调,是"人类社会的游戏、梦幻以及幻想"?

游戏与梦幻之一,正是P找的这家强调主厨创意与手艺然而满城皆是的小餐馆,但对我于吃绝不鸟为食亡、从简为上的人,一顿晚餐,从选酒、一盘三式特选起司、自制面包沾上等橄榄油、一盘油炸与腌制海鲜肉品后才是主菜、甜点曲终奏雅,只觉过于旷时豪奢。火烤烟熏般焦黑的屋顶下,服务生颤着超过他负荷大如卡车轮胎的臀部殷勤询问吃得可好,鲑鱼红的手心与厚唇出奇的温柔。对美食独具慧心且有易牙基因的 P 非常满意，列入再来的名单上。我偷偷打了个哈欠。

晴日晚上的曼哈顿凉爽宜人，我们向东边走。前后在上西城居住了五六年，P 行走在这边的城市旷野难免感慨，"再也回不来了。"他第一个上西城住处是西班牙裔大本营，热天夜晚，巷道、门口阶梯散落着黑发高鼻的拉丁人种，哇哩哇啦的闲聊、抽烟、开着收音机弹吉他、或者两眼溜溜转不知动什么脑筋。P 嫌吵杂，换了有一扇中央公园窗景的公寓，趁房价高涨脱手，自此与西城缘尽。

同样的，再也不是一九六一年电影《西城故事》那象征移民窟、贫下阶层、非美国主流的西城，现今与东城相较概括而言似乎自由（主义）些、素朴些、少些矜贵而多些文教风，但 P 在这里的美好时光是他一己于例定假日早上醒来，打扫屋内，送洗衣裤被单，采买粮食，然后与好友去哈德逊河边的公园无目的漫游（记得十四年前的电影《电子情书》汤姆・汉克斯与梅格・瑞恩的完美结局的场景）。大河浩荡，人在四季的循环里也强壮也软弱，大雪过后，空旷地上的足迹与半空抖翅的黑色飞鸟；五月第一道扑面令人泫然欲泣的温暖河风，骤然知道夏天开始了。那都不是幻想。

然而城市发展直言便是土地的蚕食鲸吞，经过了仿佛是悬铃木的影子，透着惨白的灯光，我们一下不知究竟在东西的那一边，P 愣了一下才认出地点，惊讶那巨大量体的集合住宅拔地而起如蜂巢，遽然改变了昔日的地形，然而入住人口显然稀少，造成地段出现现代性的荒疏，也就是"游戏、梦幻以及幻想"的含金量不足，是为城市之恶德。"什么鬼地方！"

  P甚至不愿多徘徊，不愿回头想念曾经有一些怎样的小区小店，起司如何好吃，香精蜡烛如何销魂，老板如何风趣，即连倾倒垃圾般而来的二手物品如何有意思，他要我加快脚步，坚定他的告别。但活过一百岁的智慧老人列维·斯特劳斯早就写下如偈："世界不伴人类而生，亦必不伴人类而亡。"

中央公园

以我的跑步速度，一出 P 的公寓大门，直取八十四街，若幸运一路绿灯，约四分钟即可跑进大都会博物馆旁的中央公园。入园路径左方斜坡似玻璃墙里，是埃及赠予原是位于尼罗河畔、供奉生殖女神伊西斯的两千岁 Dendur 神庙，移植来的雕像、柱式及其花饰语汇依旧美丽无比，然而累累顽石堆里神早就不在了，让渡出去成为艺术品。

面积八百四十三英亩的中央公园，最简便但需要多付出点体力的认识方法是绕着外环道路跑一圈，向北到一百一十街多有温带的茁壮大树，左转南下，我习惯跑到七十二街往东横穿闻着马粪味儿折回原点。通常我不去纪念约翰·列侬小小的没有草莓的草莓园，地上马赛克拼贴了"想象"英文字，必然有人献花、有长发虬髯客带头弹唱，聊以自慰一个不能回溯的年代。

偷懒时我绕着杰奎琳·欧纳西斯蓄水池的泥土便道跑，心有旁骛寻找路旁浆果，水中央的喷泉随风软倒，环池有几处岔路引向林间，一回遇见低垂探地的枝叶间驻足着一匹毛色发亮的棕马。或者一条铸铁栏杆的拱型木桥通往浓荫，林木根部洒着死去的树木被劈成碎屑当做养料。

P与我皆同意，整座大公园历经一个半世纪的经营，已经是曼哈顿的一个有机体制了，无人能够想象没有了中央公园的纽约市，它绝不只是一个城市的绿肺。自由女神像的题诗有"给我那疲惫的、穷苦的，那渴望自由的，那无家可归的，全部给我"，或更适宜给这一片长方形土地。

它当然也不是野放之地，与科技的进化同步，管理、监控也就精进。P常晚上七八点了独自穿越几无人影的大草坪，浑然不觉二十年前传播的禁忌——天黑后便是毒贩与罪犯的深渊，闲人勿入以免白白送死。与其看那些推着婴儿车慢跑的幸福的年轻爸爸或妈妈、滑板族、单车族，我更爱看晴日普照的草地上，印度人拿出一条毯子铺地盘腿其上静坐，或者一显然失业未久的但已发出气味，拖着鼓鼓的行李箱是所有家当，眯眼享受着他无人收买的自由时间，极目广厦千万间却无他立锥之地，冬天还会远吗？或者一对身无常物的情人只是依偎着，静静的与日光一同燃烧。他们全是这大城的零余者。

我自己恐怕更是多余的。我没有继续朝五十九街跑去，太靠近第五大道精华路段因此观光客特别多。年少时迷惑于《麦田守望者》跟着霍尔顿忧虑那湖上的鸭子哪里过冬，我而今已经毫不再乎，野鸭的生命力比人强悍多了。经过影视特爱取景的碧丝达喷泉，绕去《爱丽丝梦游仙境》的雕像，一定有孩童嫩手嫩脚爬上巨大的蘑菇玩耍照相，那被视为最奇丽幻想的童趣，究竟几人明白一切确实是迷幻药发作的产物？

不去小城堡（春来四周红樱花），不去莎士比亚露天剧场（夏季打地铺彻夜排队领取免费门票的长龙真是奇观），我或者折回大草坪，只为有那一片奢侈的空旷，椅凳上多的是戴墨镜看书的人，有一位如同奥林匹斯天神的金发男子，雕像般的完美头颅与面容。时间不会、从不曾为任何一人驻足，然而那么好的天气令人轻飘飘如羽化，滤掉所有杂念绮思，即使有如此一座公园，每一个人终究还是一座孤岛。

一粟上班族

　　在非母语职场当了白领上班族二十年，P共计一身职业伤害有：白内障，肩膀钙化，不定期失眠与头痛，到了冬季尤其严重的下背痛，更有酗酒倾向。他自嘲有如一件内里零件破破烂烂的玩（工）具。一段长时间的摸索，他的自我修补术是勤练瑜伽（假日无事可以一天上三节课），每周去华埠针灸、马杀鸡，养护初老的身体如一件古老瓷器。两年前开始，他甚至逐渐舍弃自己开车上下班，转乘地铁、火车与公司接驳车，车上得以小眠养神。

　　开车到上州公司一个多小时路程，年年秋来沿途树叶连云变黄转红，一天天的色彩变幻如火烧如潮卷的奇观，待叶子落光后，若阴雨大塞车，车龙与天际云龙平行，天涯道路，车尾灯光点令人想到"渺沧海之一粟"。停车场一大片水泥地，是高度现代化的恶地形，旷风毫无遮拦吹打着落单的、离开车体的驾驶人，不分季节，总让人有凄清感。

　　P甚喜爱的电视影集《六呎风云》，有一幕怪咖女布兰达怀孕了，疑心嬉皮性格的丈夫有了外遇，彷徨无助走在南加州永恒的蓝天日光里的停车场，微风吹动衣衫，显出她的大肚子。观之令人非常惆怅。

  偶尔物伤其类，P进办公室大楼前，一样疑惑自己累积至今的专业技能、才学、对工作的忠诚，虽然已经幸运的拥有一间自己的办公室，与数同事共享一位秘书，配有黑莓机，但嵌入那个位子的自己并非绝对不可取代，他时时警醒有朝一日一纸资遣通知到手，他就得如同老衰野猫默默隐死的离去，除非亿万人中才偶有一个的精障者，拿半自动步枪回来逢人开枪同归于尽，求个痛快的毁灭。他想到出国前一些蛋头学者引进的批判流行语，国家机器，他想象的是如同堂·吉诃德一身锈甲驽马挑战风车的悲壮。而他现在与公司机器共生共存，几乎不能有一句怨责。难道是自己已经被喂养得起码温饱无虞、因此完全被收编驯化了？

  P检视过去一年的行事历，间隔有序的每两个月一次国内、一次欧亚洲出差，飞行里程数到达一个惊人的数字。他承认去到温暖、阳光地区才有譬如红利的出差附加价值。这张满档的行事历证明了他的价值。那英俊如时尚杂志模特儿的白人上司赏识他，几次的聚餐闲聊，他深知职场竞技场上其实心手阴狠的上司位于这公司机器的另一高端阶层，如在云雾飘渺的南天门里，他永远只能凭其凡胎肉眼猜测上司的心思与人事布局，但没有把握猜中的机率是多少。

  欧债危机爆发以来，上司数次以磁性的声腔唤P名字，说，星期五你自己判断，没事不进办公室也是可以的。P先是口干舌燥，战战兢兢不敢傻鸟般立即憨喜接受，照常每周五通勤上下班，确认上司当真不来，整个办公室人气消了大半，弥漫着令他焦虑的空虚与安静。所谓不景气就是他酷爱的苏东坡词句，寂寞沙洲冷。观察、等待了三个月后，P终于在一个星期五放胆不进办公室，常轨化、流程规格化的日子突然多出了一大块空白，他站在公寓大楼窗前不断捏响手指，不知道能够做什么、去哪里？然后在下午漫长的金黄日照与湿度适中的微风中，他躺在木地板上沉沉睡了一长觉如同一次短暂的遗忘。

发达盛

P 与 H 是长期饭友，平均一个月、快的话隔两周相约在皇后区法拉盛，相中一家彼此都认可喜欢或觉得可以一试味蕾的餐馆遂行两人的美食拼图。两人是因为一部女性主义者的纪录片的一句话而觉醒、团结，无关性别，一个人下厨，一个人吃饭是可耻（悲？）的。虽然 P 有易牙天赋，从小就喜欢跟着母亲上菜市场，十岁，程序简易的几道家常菜他已做得比母亲还更有色香味。

舌尖住着东方老灵魂的两老饕尽责周游一圈，最后拣定一家店名具有小渔村风味的港式餐馆为首选，盛赞它的海鲜、煲仔饭。店面阳春，放回港岛是随处可见的一般餐馆，成了熟客后，经理每回安排老位子，一吃经年，虽然大片窗玻璃正对着乏味的公共停车场，两人不无麻姑有沧海桑田之感，急着要告诉我法拉盛的变迁。两人并非不知道我曾在这里住过三年半，似乎有我为活口人证，可以讲得声色俱厉。

其实 P 与 H 指的法拉盛是主街闹区，上世纪八十年代末、九十年代初，我至少每半个月得徒步近半小时来华人超市采买吃食，我绕树三匝般看遍因人口结构而衍生出来的粗简的录像带店、小吃店、饼店，毫无一探究竟的心念，只觉时光倒流回到本岛六七十年代，却又橘逾淮为枳的乖违感。特别干燥的日光照着黏着口香糖黑斑的水泥地，听说有家店开卖米糕、菜头粿、油饭，标榜百分百的台湾口味，留学生开车从长岛来解馋。我注意到报纸新闻卫生局严禁臭豆腐的新闻，台人企图以东方的起司辩驳，未能成功。

那时的新移民自以为法拉盛大大有别于脏臭的、电影《妖魔大闹唐人街》那样诡异的老华埠，字灵崇拜的老习惯也有称作发达盛，如同饱含一股新起气势的、亚裔（其实是台裔？）的兴旺城镇。那时的七号地铁我们自豪也自嘲称为"东方特快车"。开学前我去主街银行开户，眼影堆着厚彩的韩裔女职员一边填写数据一边比划着告诉我那则老掉牙的天方夜谭，一个台湾人颤抖着提一篮子现钞进银行说是要买房子，吓坏了所有人。货币无国界，是新移民最锐利的武器。然而所谓新富 New Money，关键在于信息不对等，总是要被奚落缺乏优雅的身段。

两个十年后，我跟着 P 与 H 在主街四周走了一圈，旧日的法拉盛如同自体分裂、复制的膨胀了，几个街口都是占地广阔的超市，蔬果、两栖肉类与干货满溢到街沿，店员、收银员、进货的人力尽是操着大陆口音，人行道上压烂的菜叶果子，更有一墟如同以前的士林夜市集合了各省地方吃食，有几摊口味非常地道，前提是如果你不怕摊位脏腻。连星巴克里也是一簇簇人头。环着闹区，好几处建筑工地飞着烟尘，楼盘不断耸立。

H 冷笑道："已经整个沦陷给老中了。"建议我旧历年春节来看看太平盛世般的挤压人潮。台湾旧友之一也不满如此住商溷浊早逃难般迁移新泽西去住那优美静死的郊区。

P与H去剪发、修改衣裤、买一美元一大塑料杯的豆花,连接曼哈顿与长岛的铁轨陆桥下,一排窗口食摊,生意好得近乎抢食,我买了一美元咖哩鱼蛋,滴滴答答吃着,看着对面的公共图书馆改装换了一层流丽的桁架玻璃罩,不能想象P与H若在此工作、成家、生养后代的情景。我想到遥远的那个十月,我一早走来主街,一只冻僵的蝉啪的陨落在我脚边,天地不仁,我即便有心救它也是不能。绝非怀乡,眼前浮起林怀民的小说写西门町的蝉。很快冬天了,我抱着一包国宝米走在路上,不明白自己糊里糊涂来干什么,自愿当了愚人船的一员,活该。

飘零

　　T约我西七十二街中央公园入口处会合，对岸路口是那巨人城堡般华丽非凡的The Dakota豪宅，当然住户皆是唐诺在《世间的名字》形容的"金色皮肤的富翁"与演艺名人（《大鼻子情圣》法国演员不是才为了抗逃富人税入籍俄国？），约翰·列侬一九八〇年在门口遭一精障者枪杀。因而此地顺理成章是观光热点，游览巴士蜈蚣来蜈蚣去，导游持播音器有口无心地介绍，入园处一大阵的人力三轮车，欧洲人种的车夫（移民？移工？难民？背包客？游学生？）短衣短裤仿佛是驾驭马车的阿波罗。

　　T改不掉迟到的老毛病，灿亮日光里一现身，脸团团如泰迪熊，发色夹大量灰白的平头（宋襄公军令，"不杀二毛"），气色是好的。他是我第一份上班族工作的同事，前计算机化时代的职场，画一手可爱风格的好图，上下班打卡朝九晚五的每一日罕见他开口说句话，我校对着有他画插图的家电目录，故意激他，每个人神态都像你。他冷冷瞪我一眼，翌日给我一张笔触狂放的彩图。我们一同讨厌那日文流利但用起敬语极恶心、待员工苛刻的蟾蜍眼老总。很久远以前的某段天空非常蓝的秋日，我跟着他假日四处拍照，他说拍得上品的摄影是一笔业外收入，也跟我解密，蟾蜍眼看不上眼的生意就是他的"阿鲁拜兜"[1]，一个起码抵一个月薪水。最好的复仇就是比你的敌人活得更好。

一九九七后 T 开始积极计划离岛，毫无章法的问过我关于留学美国的事，音讯断绝了一年多之后，我听说他已卖掉了台北市的公寓，定居曼哈顿了。我想到他搜藏一整面墙柜的古典音乐 CD，好几件稀奇古怪的骨董，确实是风象星座人的行事，他底气有着艺术创作者的胆识，藐视规范的野性，甚至强力的自我表现吧。我无从理解他在我看来近似自我流放的移民，毕竟"五月画会"或谢德庆行为艺术家的时代远矣，那不是我们这一代需索的活化酵素。或者他爱恋的只是异国他乡的浮根自由，一如他年轻时的寡言独行，"都不要来烦我！"

多年后重新联络上，T 说"九·一一"发生时他住在下城，在顶楼照了一整天的浩劫真相。他说得平淡，令我想到那个亲见灾难而时时回望并以其所长的形式记下过程的比喻。走到碧丝达喷泉前的林荫道，不知是来自欧洲或南美洲或杂牌混合的四人乐团演奏着，我们听了一会，发现他们得到的赏钱满好。他也巧遇了他在游泳池常见的一男子拥着波浪卷发的女友。他咯咯笑说曾将一间小空房出租给一个平时当餐馆服务生等待机会的剧场演员，两个月后付不出房租而悄悄落跑，留下一包来不及带走（或故布疑阵）的旧衣裤。

他突然眼睛放光，问我要不要去那边的儿童动物园走走？日光

---

[1] 日语，"外快"。

充满，我只觉些微凄凉。

晚上在灯光温暖的公寓里，P感叹并判断T恐怕至今身份问题并没解决，遑论找一份起码有医疗保险的工作，"这样的人纽约好多好多。"弱怯者轻易成为被剥削的俎上肉。我对着P快手做出的美食突然没了胃口，P与T这大城的两个陌生人当然不是"同是天涯沦落人"，显然与唐君毅当年的花果飘零之巨大感叹也完全无关。隔街的消防车又呜哩呱啦锐叫了起来。

美梦

　　格于情势，H与P同在异国且邮政编码靠近，不得不发展出相依为命的友谊，尤其是各自有病痛时。H只晚P半年到美国，似乎踏错了时辰，从此一路衰，学校所在是昔日汽车工业黄金年代的重镇，也像淘金热过后的城镇，过去的繁华响亮只剩凄惨，至今只要想到冬天黄昏经过市郊住宅区，昏暗如地府，拖着篮车的游民如游魂，恐慌在心上蔓延如壁癌。衰神之乡，H的结论，因此一拿到学位就直奔曼哈顿，然而有P得以对比，他总是怨艾自己职路的坎坷。

　　数量或就是商机，当台美人、港美人、大陆美人的总量造就了发拉盛的兴起，也就生出了各式利基。录取进入那家复制、移植自岛上的中文报社，H感觉强烈的时空错乱，仿佛回到小时候岛上卫星城市的中小企业草创的办公室，一排惨白日光灯管下，空间潦草其实是无心规划的壅塞，百叶窗脱线残破，拥挤的办公桌上堆栈着凌乱的文稿、旧报纸，盆栽的枝叶系着金红二色缎带与金铃铛。

　　当年贪图绿卡而举家移民来成立分社的资深员工，一半外省、一半闽南口音夹了一二位广东腔，午夜过后下到计算机拼版房，领班是个阴鸷如东厂老太监、专霸凌新人但到了总编辑面前就虾腰的光头佬。生产工具进化，捡字、活版拼贴的古老技艺已被淘汰，力求干净的房间，老技工闲谈他们日日租看岛上最新电视节目解乡愁、房间贴满台港偶像且倒数寒暑假来临得以快意返乡的第二代（一开始，他暗暗奇怪怎么没有音响放凤飞飞、邓丽君？），邀约周末去海湾钓鱼、大卖场采购，再看似随机的问他薪水，提醒老板心腹的会计吸血鬼，千万小心她利用繁复的税制克扣你的所得，那尻屄屡屡用那手法剥削前来实习打工的留学生。

也才中年的老技工转耍着美工刀，感叹也后悔自己误判形势自愿上了贼船（万幸不是一条奴隶船），愤恨台美人老板狡若游龙，一切劳资规则岛上基于人情义理的前现代传统舍弃不用，新大陆的进步观念也视若无睹，所以得到至沉痛的教训，千万别进尤其是第一代台美人老板的公司。

凌晨三四点下班，那像卷起时代飓风的大型印刷机开动了，H寂寥地开车回租住处，虽有房舍人家，道路四通八达，破晓前灰扑扑，却觉如在史前旷野。他完全不明了为何要这样生存着。

周末，岛上来的老同事邀他去东村参加国籍遍及五大洲的艺术家派对，从前是车衣工厂的破旧砖楼，两层楼三间房在烛光里人影像海底游鱼，因此看不清若是日光下就是贫民窟般所有物事皆是捡拾来、残破的、肮脏的。他怀疑自己是否其中之一，大家是多余的人寄生在多余的物质上，反抗、证明自己不是多余之举就是艺术，大至一幅墙的油画，小至一枚铁线戒指。但他自认没有如此反抗的天赋或才能。

H在蒙蒙亮分不出晴阴的黎明搭上摇晃的"东方特快车"七号地铁,纷扰如漩涡的念头譬如生存、生活与打造自我的意义让他想呕吐,等到铁轨转弯处摩擦如来自地狱的尖锐鬼叫,看见海湾乱飞的鸥鸟,水上的亮光,他如同蝉蜕醒来,轻松也清楚了,仿佛于地球的边陲看见自己的来时路。晚上H打越洋电话向母亲借了一笔钱,很快辞职,搬家,补习,用功,一年后考得了会计师证照。

高马美人

卡西与我们约在静安寺地铁站出口会合。我们早到，晴朗冬日，视线所及确实是一座兴旺城市。H形容卡西年轻时是"高马"美人，直接自英文变译搞笑，骑在高大马匹上，鼻孔朝天，以为自己傲人一等。卡西对这玩笑答以纽约客的酷，祖上如果不积德，没有一点家世与家底，高马得起吗？现在迈向七十高龄，借用我辈记忆库的典型人物做比喻，她是尹雪艳与苏茜黄的综合体。

H笑了，我顺着他的目光看到了卡西，哒哒哒踩着银扣链的白色马靴，太阳眼镜镶水钻，手臂挽着的包包嵌铆钉，毛衣胸前蜿蜒着亮片，手指有鸽眼大宝石戒指，近午日光照着她都折射成了乱针绣，走近了一张口豪迈大笑，与这城市一样锐意革新，没有沧桑感，没有老态。走进地铁，她一路老干新枝条条分明并夹以评议跟H说了将近十件太平洋两岸的大小事。

H与她相识于上世纪末，朋友介绍他到藏在唐人街暗秽街角的破旧大楼里一家针灸兼按摩复健的诊所，试试能否救治他日益严重的下背痛与偏头痛。H从不掩饰他讨厌唐人街，一截都市盲肠，除了捡便宜，特别脏乱臭、破旧，即使小公园也是一排塑料矮凳蹲坐像一列乌鸦的老妇，一张纸板写着"睇掌睡梦、扒花问米、踏家宅"，如同接力做着一场昏聩的白日梦。但他喜欢卡西的诊所，求诊的全是辛苦扎实讨生活、体味汗味浊重的异乡人，脸上皱纹深刻，时时若有所思，一身不同部位的旧疾新伤，或郁闷攻心，或伤筋错骨，治疗时的呻吟或叫痛让那拥挤的空间尤其有人世间的温暖况味。视病如亲，或者大地之母，是穿白袍的卡西给 H 第一且永远的美好印象。

两人都喜欢布鲁克林大桥，一个晴朗假日共同走了一趟好像黄昏之恋的情侣，河海浩荡，墩柱上挂着累累的刻着情侣名字的爱情锁，据说上锁之后得将钥匙丢下河完成仪式，譬如老掉牙的海枯石烂。卡西说起自己的身世，太祖父开始建立医生世家的传统，一代代脱中医入西医，祖父与父亲皆留日，卡西说："我是喝现代化的奶水长大的。"祖父且曾经应邀去岛上大稻埕筹设一家综合医院，她则是家族第一位女医生。虽然机伶逃过"文革"的几次批斗，但她牢牢记得她所有的洋装华服内衣高跟鞋曝尸般挂在大门口的羞辱经验。后来知道之所以能够逃过劫难，是祖上曾经分文不收、救活的病患的暗中报恩。

一九八〇年代一有机会简直一身光溜溜她来到曼哈顿，踏遍上中下城做遍了鄙贱行业，沦为一户华人移民家庭中瘫坐轮椅的恶毒老太婆的看护。那俯瞰哈得逊河的公寓，秋来对岸的林木崖岸的魔幻色彩令人痴醉，她一直忍耐到感恩节早晨，恶毒老太婆操着京片子侮辱她半夜偷吃营养品，她看着吃着丰盛早餐的一家子衣冠禽兽只觉恶心极了。

提着皮箱,茫茫然搭地铁到了时代广场,钻出地面,那时的四十二街、百老汇大道有如汇集了千家万户污水的阴沟,灰白的野鸽啪啪飞着,她站在街边,目送无数的陌生人,难耐的孤独中,她拒绝流泪自怜,拒绝再不做一只任人践踏的工蚁。

卡西带我们走出地铁站,新开发的城郊,眼前赫赫一条仿佛大江奔流的马路,上下望去旷渺无有人烟,她挺胸昂首用一种权贵架式招出租车。她安排好了今天的行程,去一栋藏在住宅区的仿名牌店大楼("嗳,别装了,只要是观光客都爱去。"),再去外滩喝咖啡,金兰姊妹经营的俱乐部式沪菜餐馆晚餐。

搭电扶梯一层层逛商场,分割成不同坪数的店家货物堆栈货物更像是仓库,她自嘲留美二十年染上了消费恶习,但落难王孙自有一套穷则变通的经济学,所谓的海派、门面,每一季来这大楼走一遭也就行头齐全了,光纤网络时代人情物义大抵用后即弃,何必那么讲究真品赝货。店员迎上前来,她手一挥,"我买东西自有主张。"但她总跟 H 抱怨,退休有闲的日子就是少了好多滋味,与 P 聚晤,她高兴又似乎回到华埠开诊所的神旺岁月。P 提醒她记得《妖魔大闹唐人街》那部电影。

卡西喜欢将那一天当冒险刺激故事开讲。生活在华埠十多年,她以为通达台面上下、黑白两道,而意外发生确实在常理与常轨之外。最后一个预约病患上来后,门铃又响,她一个分神并未细看监视器屏幕就按铃开门,音响是永远的小邓唱着《甜蜜蜜》,抢匪是两个黑人与一个拉丁裔，粉红手掌握着的手枪敲了她的脑勺，痛极了，但她制约反应的高举双手，低头看地，口齿清楚的说明现钞放在办公桌大抽屉里，请全部拿走，发慈悲，别开枪，别伤害任何人。抢匪离去前特意枪口抵着她太阳穴磨蹭数下，"路边的野花不要采"才唱到一半。

她暗访了侨界两位大佬算是报案，也确认了不可能破案，三个月了、半年后了，门铃响就心悸手抖的创伤症候群一直在。海归派的大侄子护送幺子来读大学，两人长谈了几夜，大侄子以其专业缜密剖析岛内景气有如上升气流，她下定决心结束诊所回归。那日黄昏，沿吵杂的运河街往东走，走到大桥前，道路破败，她觉得是应该回头了。

回来对了。晚餐所在隐身在路树尽是秃枝干远望如同云树的旧租界，可能曾是某个历史政要或富商的深宅大院，一楼客满，碗盘杯盏琳琳琅琅响，上二楼包厢，经理方头大耳是卡西干儿子，两人操着上海话，棉软里浮突着箭镞弹头。她踩着马靴进出吆喝，还更像老板娘。

干儿子经理倚着门问她下个月会回纽约吧，可否托买最新型苹果手机，她斜睨着骂，你几个脑袋几双手？究竟要买几台呀？他笑着反击，反正回去你也就是探望男朋友，没别的事可做，多无聊，找点事让你跑跑腿串串门子。

H之后解释卡西的神秘男友，据说父祖是流亡新大陆的东欧贵族，两人相识于苏荷一家昏暗如古老鸦片馆的咖啡馆，从下午谈至午夜，他的红宝石戒指的光渐渐成了笼罩两人的光晕。出了咖啡馆，经过克林顿、小布什时期的热炒，下城的晚风不复自由狂放，但夏夜仍有一种魔力，给她灵感为自己的暮年找到一抹传奇色彩。她觉得不虚此行，这一生。但又觉得时间的风像春夏的气流，冷冽中透着暖意。

从此她每年一或两次在两个世界大城飞来飞去，H 说他想到的是老骥伏枥的成语，然而是喜剧版。我想到哈金以母语而不是译文写的："我过去一直强调思乡是一种没有意义的感情，因为人应当面对已经造就的世界，必须往前走。"高马美人必定欣然同意。

华盛顿广场

都说五六月的初夏正是曼哈顿最美丽的季节。

所有的树叶,互生对生轮生或三裂五裂七裂或羽状复叶,棵棵茂盛到七分满;所有的花也开过了第一回,在隔夜的酒骚与新煮的咖啡香里绽放着世故的姿色。即使晚上八点多了,没了世贸中心双子塔的天空还是澄亮,清醒的魅丽着。人们的默契是,夏天才开始,急什么呢。

面朝拱门与第五大道,华盛顿广场左边的格林威治村、右边的东村在大太阳下呈宿醉状态,一起默契的不过午不食。戴起墨镜的缓慢与装酷。规律与格式化是最不堪忍受的罪恶。

只有占地九点七五英亩的华盛顿广场自由自在,幸免于一切的姿态与腔调。日光偏黄而娇嫩,空气湿度适中,绝不腻人,是游民也是游客的天堂之日。

苦于干旱,广场中央的喷水池被勒令闲置,封锁一大五小的出水口,成了非洲裔的杂耍表演舞台,椭圆头颅一段焦炭屹立高处还是短小一截,裂嘴大喊露出粉红喉咙:"醒来吧,纽约市!你们醒了吗?"观者感动了,于是三人一组展开瑜伽术般扭转缠绕四肢的身体奇观，鼓掌欢笑间歇爆开，音波却辐射不了多远，深绿长椅上的人自有定见，闲闲的不为所动。

因为羽状复叶特显得绿荫的多层次感与丰美的美国皂荚树下，来了波希米亚式的吉他乐团，来了银发老人独唱音乐剧，来了持名牌相机短发似男孩的单身日本女性。当然，也来了青铄光头以衬出一身二头肌三角肌胸肌与六块腹肌的雄性动物，也来了蝉翼黑纱里踩着高跟鞋一双性感长腿极可能是易装癖者。"那时没有王，人人任意而行。"防君子不防小人的及膝栅栏里的草地，英国梧桐下沉睡着无家无业的流浪汉，放心的赤裸双脚，没有树荫处便是一片雪脂奶肤做日光浴。

他们何必知道两百年前这是拥挤着死尸的坟地与刑场？西北角至今气势依然慑人的英国榆树就是实施绞刑的吊人树？难怪广场里的树木一株株特别高大。

曾在一场午后突来的雷雨收歇后，我踅进华盛顿广场里，头顶云层疾疾拖曳，闪电鞭过的空气钢甜，因为暴雨的负荷，所有遮天的美国皂荚、英国梧桐、挪威槭、榆、橡、黑洋槐垂首敛翼，色泽转浓，一如哀矜的天使长。犹有滚雷咕噜，低微如同梦呓。天光蒙上一层薄翳，介于雾气与银亮，行人噤声快步，积水回映益显周遭深广，放胆坐下在长椅上，不要言语，就可蕴酿出心理剧的恍惚幽境。这些意图摩天的巨树，大口吐着芬多精，那些曾经盘桓在此的文人艺术家，百年来魂魄被挂在嘴上心上不得安息，相互掩护，一起穿越阴阳界，带着腐叶朽木的气息，总之是植物的霉味，在我耳边吹嘘搔痒。

然而无论季节与天气，沿广场四围寂走一圈，尤其朝北与西张望，不得不佩服也羡慕人们对其公领域的高度意识与倾力护持。除了行人的穿着打扮，此时的街景与建物，距我十三年前初次来华盛顿广场，几乎没有改变，连陈旧风化一些的痕迹也无。我骇异又惊喜得以插足同一条河流两次，失去现实感。但时间之水滔滔冲刷今日之身，所以眼睁睁看着昨日之身就在街对岸如同一个完美的陌生人，令我颤栗。

那不只是生物面临蜕化与老化的基本感伤足以解释，日日行走的街道城市，若有这样拒绝变迁、接近不朽的风景，我们是否可以比较夷然的老去？譬如盘石无转移，可供累积筛沥出所谓生活的美学生活的信仰。

或者，这其实是社会阶层结晶化的表征？广场北与西两排以历史之名铭刻的珍贵古宅，冷冷的披着世袭的矜贵，何其势利的嘴脸，闲人免进。

《蜘蛛女之吻》的作者 Manuel Puig 以他拿手的剧本对白形式写过另一本小说 *Eternal Curse on the Reader of These Pages*，坐轮椅的阿根廷移民老头与推他外出的钟点看护，在寒冬的华盛顿广场展开尖酸对话。曾经通晓多国语言的老人气血两亏记忆流失，甚至质疑起最简单字眼的意义；两个社会边陲人喋喋不休，如同两块破镜互照，推挤掉进时间的迷宫，找不到出口。

但是，华盛顿广场公园毕竟是可亲可爱的，初夏的和风流梳满园的绿叶，慷慨爱抚所有愿意进来的人。

何必等到死亡让一切平等，这华盛顿广场让一切平等，在体制内安稳而创伤的，在体制外放荡而嚣张的，随便找一张长椅，做一做这九点七五英亩的客人，因为一年里只有这时节的太阳恒在不烧不炙的温度，因为时间的滴哒被大手覆盖而几乎听不见，有耐心坐得久一些，也就忘了衣服的重量，身体的占有，身份的包袱。

因为，我钟爱的埃德蒙·怀特，而不是童年住在华盛顿广场边的亨利·詹姆士，是这样写的，"你要了解我不见生人，我偏爱与'故'人作伴。"

梦中的书房

那在记忆里初始是燃烧的意象，仔细想了其实更像大雪堆积在树冠，压低了茂密枝叶，危颤的将要垂到头顶，是夏天喷涌的凤凰花，包围着台中市中心那座以升学率第一著名的中学。

那正是禁锢的一九七〇年代，父母费了一番苦心透过关系安插我越学区去就读。每天清早，六点十五分起床，快动作洗脸刷牙后，带着下床气与母亲才做好的热便当去搭早班公交车。

还未醒来的安静的大马路，安静等车，偶尔有那幽灵似的稀薄晨雾从不远处一大片野草猖獗的墓地袭来。我垂头抗拒迎接新的一天，站牌半径几公尺内如同昨日悄悄走进了几双在蓝色短裤或百褶裙下白璧无瑕的腿。

噤声的年代，那是我仅有的反抗姿态。没有胆量叛逆，没有勇气逃学，走过店面未开张的市府路，我心不甘情不愿的将自己送进长方形有如监狱的学校，仰头寻找高挂在大王椰子上的喇叭。闷了九个小时后，天光还大亮，循原路快步走到中正路交接口，左转，快乐又饥渴的来到我的中央书局。啊，那才是一天意义的开始。

那是梦中的书房，理想的书房，发出星光般的晕染效果。

一楼主要是卖文具与辞典，胖墩墩的大玻璃橱里陈列着文房四宝、钢笔、圆规、三角板、鸭嘴笔、地球仪、显微镜、望远镜、活页笔记夹、水彩、广告颜料、墙报纸。收银台边一湾磨石子楼梯通往二楼，触手清凉。必定是书上模仿来的，我假想阶梯是黑白琴键的走上去，整个楼层广阔的空间，不分寒暑，总是灯光明亮，有几分神仙洞府的味道。贴壁都是书架，大部分的书我推测上架以后便僵立在那里，一如荚果的风干；左侧也有大玻璃橱围成一个方块，橱上摆着日文书与洋裁、编织的妇女杂志。因此显眼的是夹杂其中署名卢胜彦的一本又一本的散文集，他似乎是土地测量员，常在深山荒僻处行走。

几乎看不到店员，也听不到人语，好一个无为而治的利伯维尔场。零星的看书人就像太空的星散，他们规律的眨眼、转动眼球，喊嚓翻书页，牵动视神经，各自美好运行于内在的思维轨道。那是浩瀚天体的秩序，一行字，一条垂探地泉的绳索；两行字，一只伸向屋顶与树巅的梯子；一页字，一片依偎海洋的沙滩。而我从标明数学物理矿冶那一排随意抽出一本书，一块陨石撞向我页岩般的天灵盖。

开向中正路的窗子边，有一张办公桌，塑料垫下压着电影明星李小飞的沙龙照。桌子前后的区域，除了贴墙的木制书架，更有两三个角钢书架，我肩着书包，一手提着空便当盒，站定了一个位置，开始神游。伸手选中的，可能是一个陌生的名字，也可能是接续昨日的砖头书。看得忘我，两腿堪堪化成树根。我庆幸从来没有书局的人夺回我手上的书，下驱逐令，斥责那样看霸王书不也是窃盗？

有些行业与店铺，经营者是不得不成为爱无等差的墨子信徒，或费边社的实践者，凡入我门来皆是善男信女，放任那时空无绩效无利润可评估。

阅读也不得不是一个开启的仪式，通过的仪式。在那近乎凝冻的二楼时空，结束了一本书的阅读，必须搜索下一个标的。两眼仿佛蜗牛角的肉突，我在书墙间匍匐，蠕动，抬头伸长手有我够不到的，贴近地面的也有我无意拾起的，但我也隐约了解，所谓"选择"对于那时的心智是太奢侈太遥远的状态。我毋宁更像是仓库管理员，腰间系着一大串咕噜响的钥匙，来回在狭窄甬道，每一本直立的书籍是一扇门，通往一个经纬度不同、星辰排列不同、潮汐时刻与草原生态不同的国度。

并不丰富的经验也让我理解，那时候使用钥匙的技巧还生涩，太多的书挂着一把无形精铸的锁，让我只能双手一摊。有神秘的声音说：你要等一等，先打开那些你现在可以打开的，我们会在这里等着你，即使斧头生锈握柄烂了。

中正路上的车流量接近一天的巅峰，最清楚的是市公交车停下又起驶的剧烈喘嘘，那窗玻璃从霞光灿烂转而快速累积着夜暗的黑影，我喉头涌起一股酸水的惆怅起来。

两手沾着一层灰尘，我走下楼梯，出了书局，穿过十字路口，公车站牌后紧邻第一信用合作社是一家老式皮鞋店，那种只能在王祯和小说中感受到在汰换边缘的陈旧岁月之感。

那时我当然不会知道翻天覆地的市地重划正秘密的进行着，城市的发展主轴将蜕变西移。

望着那如同蕴藏着辉煌文明的王朝的中央书局,外观简洁的西式建筑线条,玻璃门窗内灯光白炽,那时我也一无所悉我个人的梦中书房竟然是创立于一九二六年,日据时代是台中地区文化界人士诸如林献堂、叶荣钟、杨逵相濡以沫的场所;一九四七年,谢雪红的二七部队就在二楼成立舆论调查所。

一个时代已经轰轰烈烈燃烧过了,书架上没有他们的立足之地。在同一空间,神鬼默默,我踩先辈的足迹而懵懂不知。

我只知道,在那初始倾全心恋慕缪司与美神的年纪,常常觉得涩苦,烦恼着应该如何才能去掉成长的蜕壳,我只能说:"上二楼去吧。"以解脱微小的自己。

在中央书局二楼,如同小兽回到洞穴,面对满屋子的书,灵光乍现,那是一个虚构与创造的场域,我必须戒慎恐惧穿越如同直立猿人,才能发现新天地。

抵达之前,在那梦中的书房,学习鹰般的眼光,学习蜂采蜜的过程,学习龟的速度、牛的反刍,然后做一个游牧者,再做一个渔猎者。

翻开书,一道楔形的光完美的割开眼球。

原子人与他的虚空

古希腊哲人认为万物的基本单位是原子，不可能再分割了。而原子与原子之间是什么？虚空。虚空之海，原子载浮载沉。

独居者一如原子人。独居者在他的居住单位里，一原子与环绕他的虚空。

第一次来看屋子，暑天正午，楼梯间大门蛇出一条鹅掌黄塑料管汨汨流着水，一楼门边大铁笼养着一条大黑狗睡懒觉，顶上蓝天白云。进得屋里，地上大块瓷砖有一方温热日光，一座旧沙发摊着当天的报纸。往前看，浴室的门，厨房的门，寝室的门，空间的蜂巢结构，而炎夏的空气催熟生出了那无所不在的浮尘、游絮。我想象空屋状态，时日累积如同沉积岩。而岩壁仿佛有孔穴，人语与声音沙沙沥进。心里有声音说，这就是我的虚空。

就屋龄而言，是中古屋，早期大批、量化兴建堆栈积木那般的风格，初始的简单随着屋龄增长而粗陋不文。有几户的楼顶放任长出一人高的芒草丛一如坟头。

然而作为一个原子人独居者，理当爱我的邻居，他们是我的虚空边境的真实土壤，他们繁衍、哺育，他们烹煮、争吵，电视开着不看，抽水马达哒哒哒将每一日的时间琐碎化。

智利诗人聂鲁达写过："每日你与宇宙的光一同游戏。微妙的访客，你来到花中、水中。"

我祖母传承的庶民生活智慧，坚持住所的理想是"光厅暗房"。每日早晨的日光，太空旅行了一亿五千万公里，从公寓正面射过露台进来，才进客厅两步便突然怯怯停下，那光朗里有着婴儿茸毛般的细丝翻腾。到了正午，是日的光遵循同一轴线转移一百八十度，如瀑匹涌在厨房外的露台，色温、明度大幅提高，杏黄，虎皮黄，猫眼黄，试图粉燎那洗石子的灰色矮墙，不注意伸手一探，烫。那光热充沛得宛如一头才成年的兽，跳进厨房，咂咂舌，舔了每一件金属器皿与水槽，舔得咻咻有声都是津液。流理台上平放一把宽背菜刀，银烂的刃，光舌舔滑而过，似乎听到那割伤的锐叫。

没错，这访客有微妙体力而筋肉柔软，来到钢铁的花中，淘洗过米的水中，嬉耍。悬挂吊柜下的两只深浅有异的锅子，那只常用的锅底被瓦斯火燎得焦丑，一同与他接吻似的缠绵着，咣当咣当咣当。我立在门口，迟疑不能前进，唯恐不识趣惊扰他们。

到了年中的三伏天，那隐形的午时兽访客长大，体态丰润，我的厨房成了某种异教徒的圣殿，空气焚灼出朦胧的幸福感，而所有器物的材质，木、铁、钢、塑料、瓷、化纤、棉，吸收大量热与光，毛细孔放大，膨胀放松；无一不是禁语终年的信徒，如今解禁，喉管咿哑试着吟诵。

那寂静的大声时刻，时针与分针一并来到指向正北的区域，像蜜流淌那般的行走。邻居用一个圆铁盘铺晒红葱头，铁窗上勾着一个红条纹胶袋，唆唆沙沙响证明风的存在。

大兽访客离去，我的邻人之一，一对年轻夫妻回家了。我必须向日出而作日入而息的两人致敬，即便他们装了那噪音分贝直逼高速洗牙机的抽水马达也可以原谅。

一迭声的哒哒哒之后，马达转为嗡嗡嗡的低频共鸣，咬啮着听觉神经。听音辨位，年轻夫妻频频穿梭在浴室与厨房，为了他们的新生婴孩。令人诧异，一家三口用水量那么大？每晚，年轻的妻趿着塑料拖鞋哼啦哼啦做她当日家务，她的年轻丈夫不时粗嘎哼着流行歌有如鹰来盘桓一圈，"妈妈，妈妈。"稍远是婴儿啼哭。渐渐听出她趿拉着拖鞋的疲惫。

"痛苦会过去，美丽留下来。"我暗暗为她祈祷。那个半夜，我去厨房喝水，隔着两扇纱窗与我们的小小天井，她静静立在水槽前，一条幻丽的剪影。我们知道彼此的存在而有默契地都不抬头直视。这深夜的住宅区，白日的喧嚣沉淀下去，而墙壁里的水管还在辘辘流刷。她或者是那民间传说中报恩的鹤妻或蚌壳精，正挣扎着是脱离这人类牢笼的时候了？

我亲爱的邻人取样之二，三代同居，祖母与母亲有如共享一只暴戾"放送头"（扩音喇叭），全职家管的祖母日班，职业妇女的母亲夜班，前者老生、后者丑旦声腔，轮流哇哇哇教训一对兄妹，言语施虐之后往往是一只肉掌啪啪处罚，小孩当然大哭反击。"你这坏，你这坏！雌去，你给我雌去！"（发音不标准，"出去"说成"雌去"。）

中气鼓鼓的母亲，三军前叫得令动，"陈伟杰，你给我过来！"

一个声音的残酷剧场。有几次猛然的雌啸穿墙砸来，我手上的书稍稍一抖，仿佛共工一撞，地陷东南，这些在我眼中一如圣徒的字群也震慑了。我随壮妇母亲的吼叫，找出书上与之吻合的字，不禁迷惘是话语抑或文字的力量大？

当下她喝斥的每一字音，侵入我的虚空，饱实，譬如撞球在草绿绒毯上炸开折冲。

百无聊赖的白昼，我知道，即使我无所作为，无可等待，这一天的日头已经倾斜，城市也将生出它的暮霭。我守候着老祖母拉开玄关落地门与她火鸡般的喉音，守候着那年轻的妻换上那恼人的塑料拖鞋，才开始她这一日的家务。

日与夜移位，我努力不让我的虚空之屋就这样虚掷，挪到窗边抢收最后的天光，希望像燧石点燃书上的字。底下防火巷一棵长得很好的血桐。

夜暗前的天色会有那短暂却令人心悸的醇蓝，聂鲁达早为我写妥了："是折断阴郁玫瑰的时候了，亲爱的，关闭星辰，把灰烬埋入地底；并且，在光升起时，和那些醒来或继续寻梦的人一同醒来，抵达那没有其他岸的海的另一岸。"

散步大武

　　列车一窜出隧道，海平面跳进眼眶，车速马上慢了下来，大武站到了。

　　南回线的车站大抵都是这样，高踞在山腰，全年无休裸露向天风海雨。

　　我在无人的月台，鼻腔一翕一合感觉空气清新，似乎手伸长些便摸得到海岸，可以掀床单那般，一抓揪下那太平洋平旷的蓝。

　　想象洋流之下大陆版块的咬合始终不齐，一如嗜梦者的磨牙，而洋面的呼吸将天空呵成浑沌的青灰。

　　令人向往世界犹有许多空白、黑暗秘境的大航海时代。船桅恒常在大海之上，恒常比大海早一步被看见。当年必然有人翻过原始的中央山脉，如此遇见海平面，一横剖开那未被文明污染的眼睛。

　　门牌写着行政区域隶属大鸟村的大武站，铁道高高在上，出入的通道与楼梯设计成圆筒状，真像肖恩·康纳利时期的〇〇七电影中的军火毒贩巢穴。一样的到站下车的与上车的，几十秒的交集后，"你有你的、我有我的方向"散了，绝无逗留的心思。门口摆着一台自动贩卖机，令人怀疑饮料是否过期了。

车站阶梯下是条倒丁字柏油路，直行下坡，走了五分钟，宽坦大路两旁才有集合住家，两三层楼的透天厝、竹筒屋檐的石灰墙平房，新旧并立，听不到人的声息。下午两点多的太阳，照亮着房屋的外壳，每一户凸着一个"行政院原住民委员会"赠送的白色小耳朵[1]，有如一朵朵菇。

突然一辆汽车驶近停下，不知是否喝了酒的赤红脸驾驶问要坐车吗？两只大眼睛亮炯炯。

我摇头，执意跟着小耳朵走，冬天的太阳晒在背脊并不着力。

走到与台九线的交接口，右侧是废弃的公路局车站，死体化的扇形建筑，墙上的班车时刻表还在，时钟死在十二点十三分；柱子上残存着"往枋寮彰化台中"、"往台东都兰成功"的告示，也残留几张白色橘色的塑料座椅。

镇上的主街有两处，台九线穿过的，两旁因应车流带来的吃食生意，大招牌五颜六色，多家可容纳游览车观光客的大餐厅；过了宽阔的大武溪桥，右弯进去是旧大街，色调一暗，当然也澄静了许多，不变的还是那户户都有的"行政院原住民委员会"赠送的白色小耳朵。

太平洋就在几百公尺外，也可能时令上这是冬天，整条旧街清清凉凉，人车的流动稀少，街底的岔路坐镇着一座大庙，看不出香火状况。街边有个鞋摊，男女鞋童鞋都有，排列整齐如阅兵，成了一堆静物。

---

[1] 一种电视天线。

晴日的光线，金沙金粉那般的沉甸甸的覆着向阳的街岸，是太阳底下没有新鲜事的冷调子。正如我既不是在旅行，更不是来探险，因此不想也不宜惊扰任何人或物。我甚至不想学某类旅游经验丰富的老练行家，随手拾起一颗小石子放入口袋，不需要意义的仪式那般。我只是模糊觉得，任何自以为都市的文明养成而来的姿态，在这里都是亵渎与白目。

　　然而，一转头，是一座废弃的小学，没有大门，一排教室，大楼穿堂里的玻璃灰脏的公布栏还贴着学生的图画作品，捕鱼是最大的主题，鱼与人一样大，丰富的渔获让每个小人笑开嘴。穿堂出去，是工程进行中的海岸公路，而学校旁边一块类似里民活动中心的空地，竖立着巨大的钢管铁柱。迎面海天清旷。

　　我脚下已是东岸陆地的边缘，液体与固体的终极对峙。

　　我在仿佛废墟中不禁想到所谓的"创造性拆毁"，那转型、过渡阶段允诺着更好的明天、更好的发展？其实，除了没有人气，学校建物仍然完好，那么，废弃的理由是什么？

　　"活在名字之下、土地之上的诸神，已经不发一语地离开了，外来者则在他门原先的地方安顿下来。询问新城比旧城好或差是没有意义的，因为它们之间没有关系……"

　　的确，我与这小镇非亲非故，没有丝毫关系。卡尔维诺陪我快步跨过台九线，陆桥下是供奉龙王的小庙，庙前潦草的三角地规划做海滨公园——这样的环境还需要海滨公园？我尽责的绕了公园一圈，植着枝叶猖狂的海枣的堤边，高耸着一座红白铁塔与一只状若烟囱的灰白柱子，一旦有突袭的警报器？

我恐怕是无聊过头了。

往回走，决定去搭四点三十二的莒光号北上。

除我之外，桥上没有第二个行人。大武溪河床上溯中央山脉那段显得灰浊浊。

路经便利商店，买了报纸，再绕过公路局车站，才看到另一面墙上黑漆涂鸦一颗心，英文写着永远爱你，大概是全镇最古老也最现代的符号。涂鸦的黑心正对着一所种了许多木麻黄的学校。

缓缓的上坡路，一如电影胶卷的倒转，我的眼睛发现了原先视而不见的种种，柏油路旁堆着利乐包、报纸、塑料袋与枯枝落叶，竹篓里都是碧绿的啤酒瓶，给日头晒出淡淡的馊腐味。到了火车站的阶梯前，才发觉独立一户简陋人家是卡拉OK店，对面的杂林地上一丛丛的山苏，弃尸其中烂透了都无人知晓。

等火车。那等待中的漫漫时光湛湛的生出了温柔的凉意，山风吹得天光粼粼，我神经质的避开那叶子阔大的榄仁树林，觉得自己就像芯片短路的机器人，将这下午两个钟头的大武行脚的影像记录统统吐出来，轻松的离去。

美丽的天空下

我看到植物学家从来没有看过的树，看到动物学家无从想象的动物，看到只有你看过的人。

——斯特林堡致高更信

八月之光[1]

爱荷华 Iowa 的名字源于印地安人，语意一说是美丽的土地，一说是睡觉的人，八月底来到了自然会心明白，两者依傍转注，并不冲突。（得等到十一月我们在华盛顿特区的印第安博物馆，才会更进一步明了新大陆的原住民曾经如何的美丽、细腻、狂野。）

平原坦荡邈远的美初中部，公路系统如静脉血管如掌纹，是现代化的理性产物，嵌进纯机械耕作、大面积的玉米田，规范着效率与秩序，虽然昆德拉于《被贬低的塞万提斯传承》一文写着："（欧洲）科学将世界化约为技术与数学探索的单纯客体，将生活的具体世界排除在他们的视野之外。"然而真正统摄爱荷华的是那一片无限、薄

---

[1] 作者于 2012 年受邀参加爱荷华"国际写作计划"。

青得近乎透明的天空，覆盖地表，两者比率悬殊，九比一、八比二，每个人成了蝼蚁的存在，巨大的自然及其神力遍在，吸纳了所有的声光与思维，人可以望远、放空、撒野、梦想，但终须低头。

日光直射，汽车驶过，不见烟尘，却让人屡屡怀想福克纳心灵世界那些以双脚以马车缓慢地试图走出自己道路的可怜生灵。青天有着呆滞的云，等到风起或者能像印地安人的捕梦网吧。

而今夏大旱，遍州契作喂猪的玉米田据说最严重的七成枯死，我视野所及起码一半脱水般焦黄，也不采收了。微微起伏的大地，玉米田之外是玉米田、再之外还是玉米田。

一辆中型巴士带我们到距离爱荷华城不到半小时的一座独立荒野中的农场，之所以与"国际写作计划"（International Writing Program）有链结，男主人保罗是退休的人类学教授，土耳其裔妻子苏珊是出版了几本著作的记者与国际妇女组织的成员，套句时下流行语，夫妻俩结合了公共知识分子与资深文青的认知在经营农场，实践着节约能源、有机耕种、绿化救地球的使命，屋龄才一年的住屋顺势建筑与山坡融为一体，屋檐有收集雨水系统，蜿蜒储存用来灌溉，室内面积约百坪的一楼地下铺设地热设备，冬暖夏凉，即使盛夏譬如上个月电费才二十五美元，屋外斜斜耸立大片的太阳能板。

夫妻十多年前买下这一大片西达河（Cedar River）边的土地任其闲置，这样一个晴朗的上午，一条骠健大黑狗前行，带领我们行过杂树林与野草丛，雷电劈过的树还有生机，呼应着人足踩不烂的坚硬核果，林荫深处之地手腕粗的枝干培育着菇类。苏珊解释他们从事草原（prairie）复育计划，远在欧洲人入侵之前，北美洲皆是高过人头的密密草原，一年年遵循四季的循环，成长，茂盛，天火烧毁、霜打雪压而死去化作沃土，来年春天原地草原再生，彼时，若有印地安人骑马行经其中，只见人上半身在草上云游。经过三四百年的开垦，草原灭绝，这是作为农夫的他们无法忍受的，遂决定进行人工复育，为期至少十五年或可见到成果。

他们背后是干旱一夏而水位逼近见底的西达河，我看着夫妻俩神色毫无一丝浮夸或悲壮。我问全州有多少农户这样做？保罗答不清楚，大约几百人吧。

数百年前的草原而今只能称为草地的旷野上，俄国与乌兹别克两位妙龄美女玩耍着一种叫 milk weed 的植物，果荚一剥如同棉花的丝絮飞扬上天。

农场当然也有人力不足的问题，在这片自由、高度发展的土地上，经由交换机制，客房目前供住了一位一半华人血统的工程师，周末假日以分摊农场工作代偿食宿费。也有一对年轻夫妇来交换腌制蔬果的经验。苏珊爽朗笑说，很幸运至今没有遇到任何疯子或危险人物，夜间前来吃食瓜果与树木嫩叶的浣熊、土狼与野鹿不算在内。

如同暖房的玻璃屋吃午餐，摘自庭院的蔬果非常鲜甜，有人惊呼这是来美迄今最好吃的三明治。很明显的虽是正午，日光已经没了锐气，而是催眠的温暖，我们看着最年轻、母亲是韩国裔的阿玲娜（乌兹别克）在草坡漫游如波卡·洪塔斯公主，头发插着艳红浆果，渐行渐远，无极悠远的天空或者会突然大笑一声。

我爱极了福克纳这样写："八月中旬会有几天突然出现秋天将至的迹象，气候凉爽，天空中弥漫着透明柔和的光，仿佛不来自当天而是从辽远的昔日照临，甚或可能还有着从古希腊、从奥林匹斯山某处来的农牧神、森林神以及其他神祇。"

朗读之必要

爱荷华城被联合国教科文组织认证为"文学之城"，在地居民引为一枚荣耀勋章。作家朗读自己的作品是这文学城的传统，"国际写作计划"每周的基本项目是两场朗读，一是在写作计划办公室所在的香巴屋，一是在"草原之光"（Prairie Lights）独立书店二楼，行礼如仪般风雨无阻，过程清简，来读的与来听的河清海晏，为的只是口与耳交会的短暂光芒。

尤其是在"草原之光"，将诗读出声给众人听的历史渊远流长，我总以为，诗比起小说或散文更宜于口语表演，有博尔赫斯的背书为证，"诗歌是一种感觉到的东西。""口头语言是会飞的，是轻盈的。"

今年来自廿八个国家的三十位作者，阿拉伯语系六位，西班牙语系五位，英语系包括曾是英美殖民地的六位，欧洲与昔日俄罗斯境内的七位、语系最复杂却也最能互通，中文的与缅甸、韩国各二个。但我们毕竟是来到了美国本土、中西部，英语才是最强势、最大公约数的语言，用以诵读现代诗，不能否认的有其明朗、干净、轻快。但我总觉深层缺少了很重要的什么。

对此我们自有变通办法，上场时各匀出部分时间秀出自己的母语。我期待的是这个，虽然语言的巴别塔高耸，隔绝了字义，但印象极深刻是伊拉克女诗人古拉拉吟出那种无可取代的古韵，白俄罗斯的安德烈从头到尾激烈的促音（与哈萨克骑兵、车臣战士可有关系？）

朗读遍地风流，八月最后一晚，我们集体赶赴大树浓荫的棋盘街道一住宅，荒芜有聊斋味的庭院满满人头或坐卧或躺倒，一齐注视后门廊与阳台若一朴素的舞台，台下应景烧了几根树枝，非洲南方的波扎那的女诗人 TJ 一张口，"梦说谎。"如同"小飞侠"的小叮铃棒子一挥洒魔幻银粉，梦微笑，梦欺瞒，梦咬牙切齿，梦口臭。之前第一位上台的中性化装扮似拉子，口齿黏糊，唯 fucking 一字谯得特别干脆。

TJ 是朗读的第一好手，也最受欢迎，凡听过的无不喜爱她的声音。她毕竟血液有着非洲以口语传颂诗歌的悠久传统。我想，返台后得找出本·奥克瑞《饥饿的路》重读。

屋主不知多久不除草了。这在大片规划而每一住宅街廓与单位不断复制的郊区非常少见，除非是已沦为贫民窟。这里当然不是。诗的可贵来自野放、不从规范的心灵，杂花生树，不解释，不随众合唱。

那盆火里的树枝烧断了，一挫，火塌低了，却飞出了火星。

奥巴马向前行

一周前，奥巴马代表驴党竞选连任要来拜票的消息便传开了。

四年前的党内初选，奥巴马在爱荷华州出线的意义重大，而今两党选情几无差距的紧绷态势，再来确实有寄望博得好彩头的意思。两天前，爱荷华城地标、黄金圆顶的老州府（Old Capital）周遭开始发入场券与贴纸。

整个大学城是驴党奥巴马铁票区，"自由派"（liberal）是他们自傲且说得响亮的信念。理当如此，聂华苓老师在电子信如此写："你来后，会发现爱荷华就是个作家'巢'。"我以为萨义德的《知识分子论》为写作的人写出了最光荣最动人的图像，勇敢走向边缘、不被驯化，拒绝被收编，对权势说真话；他也引用阿多诺的话，"最虚伪的莫过于集体。"

我是否自相矛盾？

香巴屋办公室的约瑟夫安排了一位选举经理人来跟我们谈话，他直言两党政治走到今天的恶质化，竞选花费之庞大惊人、政治献金桌面下之龌龊，象驴两党全一样，期待的第三势力总是出不来，所谓民主，挫折感胜于一切，最终只能两害相权取其轻，挑一个不烂的以拦阻一个更烂的。听来多么耳熟。但他提醒我们，出了这大学城，爱荷华州可不必然就是热衷支持奥巴马。有人问两党的差异，他自己就是一头麦金发色，答大致可以准此做区别，比较白人、有钱、更倾向基督教、希望政府少管事、少缴税。

因此，选择奥巴马，是没有其他选择的替代意义？

九月七号一早，空气明显异样，预期嘉年华的亢奋心情，下午一点开始入场，克林顿街长长一条人龙，安检直逼坐国际飞机，只差没脱鞋过感应门，整个大学城如临大敌，数个街廊完整封锁，警察、警犬、便衣遍布。安检过关之后，如同电影院的银幕一面星条旗，临风鼓荡，演讲场地是校园两栋历久弥新老建筑之间的草地，我们傻傻等了五个小时，陪众人杀时间的摇滚乐团实在不怎样，间中更下了半小时的雨，虽不大但淋久了上半身也湿了。

五点四十五分，奥巴马终于上台，白衬衫、卷起了袖子，完全一如媒体上所见（定居此地的艺术家胡先生爱讲反话，"长得就像米老鼠。"）全场欢呼，高举的手海上是手机、相机之潮，想当然耳随即送上脸书、推特以几何级数繁衍——还是阿多诺，"整体总是虚假的"？

整场演讲大约二十分钟，内容与前一天驴党全国代表大会讲的全一样。一般认为，论口才克林顿更好更迷人，化繁为简、画龙点睛的能力更强。

但为了奥巴马一人，我们傻站了五小时。他一来，天气放晴，太阳出来。（之后驴党铁杆支持者聂老师知情爽朗大笑，"就是就是，他一定赢一定赢。"）但傍晚的风吹来有点凉，的确是秋天的意思了，如同我确定的是爱荷华城人聚合一场并不是期待弥赛亚，他们没那么天真得可耻，更多的是他们认为的相濡以沫、呼群保义而已。

静静的爱荷华河

破晓前醒来，干脆起床，出旅馆沿着爱荷华河走路，夏天末梢的夜气干而不燥，爽而不飒。河面不宽，也无特别奇丽处，二〇〇八年从密西西比河泛滥而来的洪水在此两岸成灾，直到今天，艺术学院傍河几栋建筑还封锁着进行修复。河岸留了一条宽绰的绿草带，校工不时驾着割草机逡巡，曝晒了便是腐草的味道。

抵达首日，放下行李，趁天色澄亮，我快速斜角穿过老州府，绕过商业闹区，记住纵横几条主要干道，到处是温馨、适宜唱《甜蜜的家庭》的红砖屋，才开学的周末，一片清寂，不得不想起一九六〇年代留学生文学、於梨华小说里窒人的小城镇，或者早期电视剧《小城风雨》，浅薄欢乐些的就是电影《回到未来》吧。所谓的城市规划，功能区分，精确分配，契约严明，不得逾越、混杂，一如他们已走到尽头的个人主义，一如爱荷华街的人行道上嵌着一个男性人形铁板，铸着田纳西·威廉斯的文字，"我们于躯壳内被判罚终身孤独之刑"。

其后我常常过桥渡河到对岸慢跑，更是一片俨然高级住宅区的丘陵郊区，每一户宽阔的前庭后院，浓荫大树，幻美如童话屋，然而对于来自拥挤之岛的人如我丝毫不领情这样没有一丝人间烟火气味的孤绝，草坪上顶多插着一片天青色牌子表明支持奥巴马与拜登。茧居蛹居的生活型态，隔绝，疏离，需要一个人族倾诉时再找心理医生。

托马斯·品钦于《拍卖第四十九批》一书以电路板形容南加州某地的住宅区，我以为适用于任何的市郊。

这不是我的生长之地，没有一丁点爱恨怨憎情仇，没有着力点，我一个写作者来此为何？固然萨义德的阐述金石响："知识分子有如遭遇海难的人，学着如何与土地生活，而不是靠土地生活。"我就是来此观看再观看（？），设想写作者若最终有乐园与天堂可去，或者这是想象的蓝图。

看来我得珍惜这最后的夏日时段，多晒晒太阳，储备它的能量。

首日散步的尾声，我走下陡坡，在开放吸烟的麦迪生街一棵路树后惊见一只几乎半人高的浣熊，看似羞怯却机伶的与我陌生对望，渴望了解对方更多，那或许是来此的每一写作的人与爱荷华城美好的开始。

花郡屋

九月底，早晚的温差开始拉大了，我们各自从旧金山、新奥尔良回来次日，暴热，干燥，是炎夏最后的一节尾巴，往西南方不到半小时的车程有终身匍匐在宗教前的清教徒阿米绪人的秋季市集，我错以为是开在密西西比河边的农市，铁丝网圈起的一长条空地上，入场一人五块美元，家户囤积的旧物倾倒出来等候新买主，家传手做的糕饼甜得喉咙痒，太阳煌煌，一角落堆着万圣节的南瓜。

一星期后，一早温度降到摄氏一度，窗框里的爱荷华河水面罩雾。我们的旅馆是结合了小型电影院、餐厅、展览馆的学生活动中心大楼的一部分，集合住屋势必寻求空间利用的极大化，当然是一条地毯甬道两旁非字型对开着房间，一人一间，这或是写作者理想的纪律图像，如僧侣闭关在他的洞穴。模里西斯·巴兰德的房间因是角间，特别宽敞明亮，大面积的临河窗景，他带来的法文小说摩挲得黄旧了，一本本排列在临窗桌上如棋盘格，强迫症似的整齐。我们都是文字的囚徒。行前，聂华苓老师的电邮写着，"来了你会发现这里是作家的巢。"

晚上八点，德国露西带领我们一行五人，韩国的崔明淑与笔名故意女性化的海怡琇，智利的马蒂亚斯，科威特的塔里布（确实与"神学士"同字源是学生的意思），每人带着红酒或啤酒，踩着哗哗响的干落叶，口鼻喷着蒸气，走了二十分钟去拜访一处类似人民公社而外观美如童话屋的独栋大宅，Bloom County House（或可译为花郡屋？）。

六七十年代的遗绪吧，这样共营但非营利合作组织（Co-op）的实践在北美洲大陆如同伏流，落在合作住屋上，爱荷华城有三座这样的房子，企图在大学宿舍、民宅租屋的市场外提供一种不同资本主义逻辑的选择、推动一种群居且互动共济的观念，较低廉的房租，集体分摊水电、吃食费用，共享客厅厨房，集体劳动，依专长与兴趣分配劳务，包括轮流煮食（每月十六个小时），还有每两周一次的会议（批斗大会？）。愿意入住就是承诺一份"另一种"的生活契约，打开公私领域的闸门，接受监督，罚款分明。

晚餐掌厨的是来留学的德国女生凯特琳娜，颀长秀丽，大手修指，煮了一桌她家乡烹调法的食物，摆满了可容十人坐的长方形大餐桌，一锅浓汤尤其美味。以后我们在讲究纸张、字体、装帧当是美学，推崇手工、少量、缓慢的制书工作坊再遇见，总觉她毕竟一身欧洲人的美好教养。

回来晚饭的人不多，然而每个不按铃不敲门径行进来的人总让我们眼前一亮，我想到海明威"流动的盛宴"一说，有些事有些地方却唯有于年轻时做了去了，无需挑拣，怎样都是对的，都能进出光与热。这样的合作住屋最适合大学城吧，年年潮汐般来来去去的少壮人口，总有频率不一样的窜流到此。每天我在棋盘式道路走着，不去图书馆，不去书店或酒吧，偶尔踅进唯一的烟草店，嗅嗅那几分背向绝大多数的颓放气息（整个校园严格禁烟），绕去捷克移民开了一甲子的杂货熟食店，沿路屋舍是复制再复制的划一，填住其中的人如同工蜂在蜂窝的六角格，最低限度的自由空间，受最大的律法保护，所以家是必然的唯一救赎吧。好莱坞老电影《秋霜花落泪》，受尽命运摆弄的女主角她人生最大心愿是组个甜蜜小家庭，住在一独栋红砖屋如一细胞核。也是一个聚餐的闲聊，那些曾经行旅过北京西安香港欧洲澳洲、也曾经若干日夜航寄大海上的漫游者，说起了屡屡一动心要搅动这大学城沉滞的安定，传言暗夜召开过裸体派对，一群身体在微光中只如油画一褶又一褶堆栈的油彩。

而花郡屋这样的群居所在，必然需要大客厅，势必得去除中产或是小资的居家情调，到处堆积过多看似垃圾的琐碎旧物，但都是生活某时刻的可用素材。万圣节是夜我们应邀再来，屋里人随手取材身上一披戴自由组合就是装扮，企图将心智压回到学龄前，我递给凯特琳娜暖气管上一副飞行员眼镜的玩具，她也戴在额头；我们跟随走过一个街廓到另一栋更大的合作住屋，草木芜乱，地下室秃秃一隅有乐队演奏，配合着痉挛似的闪灯，几个喇叭开到最大声，高分贝噪音对着我们的心脏冲撞。

浑圆一如莫泊桑书名《羊脂球》的莉莉安是花郡屋的活性元素，声音脆亮，速度又快，话中的机智像流丽抛着彩色小皮球，穿梭厨房、餐桌给我们煮咖啡与茶，使用的杯子没有两个是相同的。她哒哒哒说她的戏剧梦，在一间餐厅于营业用餐时段，演一出有主轴脉络也有即兴互动的戏，没有舞台、演员与观众的区分，真正将演戏与看戏的时空融为一体。陆续有人回来，老旧的木楼梯被踩得呱啦响好像骨质疏松。海怡琇喜欢为大家斟红酒，他坚持得一手抓瓶底，转瓶身收势的姿势。之后话题一转提到大麻，莉莉安拿起手机问我们真的要抽吗？她有门路买得到。讲了几通电话，她帅气地说等通知。我们竟然几分兴奋地期待起来。

户外气温已经降到零下，几个男生提议门口草坪生火，拖来一节粗大的枯枝干，整节丢入势必灭了火，名叫尼克的金发男生取了柴刀砍劈，砍了一分钟后才知死木顽强。寒冷针砭着耳朵，我们围火取暖，尼克突然念出："O Captain! My Captain!"笑出一口整齐的白牙。

新寒午夜后的爱荷华城看似睡着了，其实不，街道偶或游过一年轻的灵魂，或骑着脚踏车，晕亮的窗户里有他们可以大把抛掷的时间。路树树冠连着屋顶，再远去就是天涯云树，有时走路途中，我看见不是满月的月亮确实特别大在路尽头，其上若有浮尘与苔藓，自己好像这段时日是在时间的平野。

我们决定不等大麻了,两手窝在口袋里,踩着落叶回去了。

聂老师

杭州来的留学生璧清将 Dubuque St. 译为渡埠客街,它往北与爱荷华河平行,一条岔路开上斜坡,再一个锐角急弯上去,安寓、鹿园、聂老师平顶长方形、胭脂红的家就种植在那杂树林坡地,门口陡立一道扶手也是胭脂红的木楼梯。宽大敞阳的二楼一半是客餐厅,餐厅一张桦木色长桌,聂老师不只一次敲敲桌面,复述保罗·安格尔先生说过:"等我走了,这桌子还会在。"不为哀悼,没有悲伤,只有身经百战的老将军满满的荣光。

那桌子,是他们夫妻连手打造的一张作家的世界地图。

而我在夏天末梢来,冬天一开始就得离去,终于来到那传说中的客厅,朝西的大片玻璃窗充满了绿树的光影,待叶子落尽,便可看见南北卧流的河,大雪之后当然更是奇美。我只觉自己是一个迟到者。对我,"国际写作计划"真正的黄金时期随着聂老师退休(1988)、安格尔先生过世(1991)已经落幕。那时候,福山提出历史之终结。如同当他们夫妻不再喂食后园的野鹿,它们也不再来了。

聂老师说起来仍然充满了豪气与侠气,她和保罗专找异议分子、政治犯、问题人物来,在 3C 产品发明之前的冷战年代。她六百页的自传《三辈子》,如繁星罗列的左证照片,写作的人、或她称之为流放者,拥挤在这客厅里谈笑取暖,合而不同,因为那时候的敌人巨大而清楚？反抗的心志素朴且专一。

（IWP 现在主事者也许是开玩笑问过，你们觉得自己是最优秀的作家吗？我欣赏迟子建的回答，夜里走出户外仰望天空，她更喜欢看见满天繁星。）

我几次与友人信中嘲讽，需要那么多作家吗？作家究竟所为何来？岂不是自相矛盾，我敬佩的写作者是萨义德《知识分子论》的精神。然而所到之处胸前仿佛挂着作家徽章，总是令我尴尬。旅馆供应早餐，有个怀抱作家梦的白人中年妇人，屡屡远道来自费一住数日，为参加各式艺文聚会，一次受不了我们睡衣拖鞋来就食而且只会玩笑闲聊，一脸愠色与不屑抛下一句："你们真的是作家？我简直不敢相信。"我们辱没了她对作家的神圣想象吧。

埃科相当认真的这样陈述过，柏林围墙倒塌后，人类的步履是倒着走。这位聪明绝顶的书写者忧心一切不必有意义了，一切皆是一场又一场的嘉年华。

作家毕竟被分类归档为一种职业，紧邻着演艺表演者，从前是走江湖卖艺者（？）。聂老师问过数次我们都做些什么？她听了说，节目安排太多了，以前不是这样。"国际写作计划"已是相当成熟的机构，如果英语表达沟通能力没有问题，参与者也愿意，动口讲而不是动手写的节目活动自是接不完。

阅读与写作的历史长远，我喜欢也向往一友人说的，写作之事，就让写的人安静地写，读的人安静地看。

一个例行聚会，多话、风趣的塔里布谈起一九九〇年伊拉克入侵科威特引发的波湾战争，他面临执行枪杀敌军的挣扎经验，通库德族语、阿拉伯语、英文、俄文的伊拉克女诗人古拉拉当场痛哭，她接着解释当年她的许多同胞是因为家人性命受胁迫而不得不上战场。究竟谁才是敌人与暴行？她哽咽谢谢塔里布，两人拥抱。我们感动着这或许微不足道的战事已了之后相互理解的象征。

整个大学城干净整齐被爱荷华河分为两半，占地广阔，跨河是一条灰白车道与我从未见过火车驶过的铁轨平行，两旁如同丘陵起伏，我绕过每户皆有前庭后院、大树蔽天的住宅区，路边落果腐烂了但散发浓香，这样的市郊总让我有梦魇之感；行过陆桥，医学院区仿佛科幻世界的场景，建物间的树林有猫头鹰，暮色大军掩至，校区巴士经过，车窗玻璃里闪过一张面孔。我突然觉得这样投闲置散的十周太冗长了。

我一直记得抵达的次日，下起稀疏的雨，稍稍解了一长夏的旱象，聂老师急着开车载我去她喜爱的废弃电厂改装的滨河餐厅吃饭，她自己吃得少，频频问我吃得来吃得饱吗？大力推荐烤牛肉。玻璃窗外的河道水面平稳，不知是否人工开凿有一节落差如同瀑布，靠岸处搁浅着一节树干。

我中学时第一次读到殷允芃写聂老师的一篇写于一九六〇年代的文章《雪中旅人》，她说："我们是生活在一个有动力的时代，苦也好，乐也好，谁都不能停，谁都非往前走不可。"几近半个世纪后，真人在我眼前，她娇小但走路快速、喜欢朗笑的身量里，有着丰沛的能量，将一整个时代扎实走过去。她还在继续往前走，陈安琪拍摄她的纪录片《三生三世》，影片结束的镜头跟着她，她满满力气、坚定往前走。

无关宗教，我想到五饼二鱼的故事，想到聂老师饱经磨难后仍有的强悍与慷慨，到了我这一代恐将、或者已是绝响。

最后的银杏

十月开始形成的默契，我与海怡琇早餐后背包装着笔电，结伴赶往闹区的咖啡馆，名唤爪哇屋。空气一天比一天的脆冻，经过旧州府大楼右后方，在早上明净的日光里，四棵银杏是完全纯净透光如同燃烧的金黄，丰美不可方物。十月底，风一吹，金风淅淅，白露泠泠。

克林顿街口等绿灯，对岸号志灯杆下塑料箱上坐着一个衣着尚整洁的中年人，脚前纸板书着因失业而乞讨，不纯是因为寒冷，他竖起帽兜瑟缩着好像僧侣，我们也就狠心假装没有看见，在这堪称安居乐业的大学城。

灰色的路面有早晨的光与今天的气流爬梳着枯树枝的淡淡影子，没有车嚣与烟尘，有一刹那，我以为自己立在时间大河之前。纵深且故意昏暗的爪哇屋，每张桌上的灯光暖黄，我们的旅馆房间也是，鞋子带进细碎的黄叶好像一日的残余，晚上十点后听见远方火车的鸣笛，玻璃窗仿佛一面深潭。写作的人或是隐藏于书写之后，但这样的环境似乎是过于温暖且安全的巢穴。

天未亮，黑暗的爱荷华河上有划船队分两队练习竞赛，桨声低微，直线破雾前进，他们的意志如同箭矢。而来自友人的一封电子信写着对活着与求不得的惑乱，对死亡的试探，如离水的鱼在滩岸，我想了一晚不知如何回答，蝴蝶效应般带给我一串的噩梦。安慰或励志的话语何其廉价。我想到前夜闹区街上一伙一伙喝酒狂欢的大学生，只穿着短袖或露肩夏衣，如同旧州府大楼的黄金圆顶，呼吸喷出白汽。那是年龄、我不再说是青春的、赠与，尽管鲁莽、粗糙，捉住每一个能够纵情行乐的时日。我前面手牵手迈步一排女生，中间一位体健、活泼，正是中西部富饶的农业大地养出的体魄，令我想起爪哇屋旁有一家地下室商店，专卖廉价衣物与作怪服饰，是年轻的神力让这些垃圾之物点石成金，焕发出好玩的光采。

早在一八三〇年代初，托克维尔结束了众合国的考察之旅后就写道："总之，整个这片大陆，当时好像是为一个伟大民族准备的摇篮。"

继续走十分钟，一个僻静十字路口是那间好像库房一楼平顶、胭脂红的"狐首"（Fox Head）酒吧，号称来这城镇的作家必去消磨的麦加，第一次看见，斯洛文尼亚的亚娜失望地说："这是劳工酒吧，不是给作家的。"乌拉圭的刘易斯反驳："作家不也是劳工吗。"不过就是来喝酒抽烟聊天，时间在此琐碎，失去重量。这务农的大州并不纵容城市生活。

我和海怡琇终于发现银杏的黄叶落了一地。半个月前，亚娜得了欧盟文学奖，之后莫言得了诺贝尔，IWP 都当是自家的喜事。听说埃及的哈里因为岳母骤逝提前赶回开罗，众人等他上了飞机了才知道；阿富汗的默希布积极打听留下来的可能管道，新西兰的杰福瑞则是租了车独自开去明尼苏达州寻找他的偶像鲍勃·迪伦的少年行迹如同朝圣，一夜气温骤降冻坏他了。古拉拉也为了博士论文得先离开，她说一路加上转机的航程总共要两昼夜，我们则是总统大选开票日飞去华盛顿特区，白俄罗斯的诗人安德烈自行南下应邀去德州，德国的露西独自飞加州（据说她的写作实验是每写好一张A4，打印黏贴墙上，试图重新随机组合出另一个文本，她承认这样是受影视剪辑的影响）。之后大家在总统大选开票日到华盛顿特区，再赴纽约市液晶屏幕光害最严重的时代广场边的旅馆解散，各自归国或继续各自的旅程。年纪最大的杰福瑞说破，我们绝大部分以后再也不会相见。

"好似食尽鸟投林，落了片白茫茫大地真干净。"

启程前夕，我走去曾是《纽约时报》驻北京记者、拿到卡波特两年写作奖学金的胡克住处还一本只看了两页的英文书，他人不在，屋旁旷地他种的菜冒着耀眼的新绿，我将书放在门廊的信箱，整片住宅区一片昏颓，视觉上的孤绝。黑夜延宕尚未完全下降，路树已经没有叶子，尽数掉在地上铺成两三吋厚，寂寂腐烂着，也是一种存在的姿态；沿路遇不见一个人，甚至看不到一只松鼠，似乎不怀好意的警告我，未达终点前，凡你行走的皆是空虚的幻影。

然而关于即将到来的冬天，整个爱荷华城已经准备好了。

盛夏的事 ○ 所在都有

○ 本辑是 2017 年为《联合文学》所写专栏《所在都有》中的文章,共 12 篇。

我在高地悬壶中

台北城第一条捷运开始营运的第二年,我戏谑为胡亥年,潮寒的春末,我匆匆搬到城南某一捷运站上方的高地,捷运车厢里看见剑鞘野草丛里留有几座孤坟,出站是陡峭的柏油路,无有人踪,但有天光徘徊其上,我扭曲现实,美其名状,银河倒悬。

盆地边缘的丘陵地貌,因为市区外溢,陆续辟出回环的联外道路,插了数栋集合楼宅,整建了有游泳池有野狗、但流浪汉不屑流连的草坪公园,再附加一座废气澎湃的公交车调度站。建设即破坏,开发即毁灭,大树早已砍光,坡坎滥长着细枝干缠着多刺藤蔓的矮树,其下偶有绿阴阴的姑婆芋。这里的土石,或许亿万年前躺在海底,或许康熙年间大地震前曾浸泡在溪水里,还据说至少数百年前遍生柚子树,四五月正是柚花盛开的时候,令人痴想失魂在那花香云雾中。现在,只是荒山瘠地,生活在这样的所在,一如爬在水泥地的蜗牛,必得以自己的黏液润泽自己的道路吧。

入住前先去打扫,前晚运送过垃圾厨余的电梯散发着臭味,上升时偶一抽搐,欺生我这新住户。我提着一塑料桶的清洁剂、刷子、菜瓜布,抹布,手套,更像是来毁尸灭迹,清理犯罪现场。毛坯房似的浴室有一扇窄小的窗，旷风吹着没有灯罩、两条电线伶仃吊着的黄灯泡，窗外是堆栈着层次分明的重灰雨云。我想到一年前离港前走上南丫岛的棱脊，远看平静海湾停着一艘游艇，仰躺着几具吸饱了阳光而熠熠流铄的胴体。黄遵宪诗："飞鹰倚天立，半球悉在握。"我立在地球表面的一个凸点，上有广漠青冥的大气层，一衣带水之隔是那一大块苍茫的古老大陆，山脉一层又一层缓缓逶迤，在我身后则是"赚得盆满钵满，吃尽穿绝"却即将完成阶段性任务、但想想与我何干的传奇香港。毫无遮蔽的视野，大大撑开人的胸襟，也大大释放了自我意识，棱脊一刻，世上千年，因而有羽化的意思，自觉轻得像一根羽毛。

胡亥年往前推五年期间，我充分享受着平均半年搬迁一次、换新环境的趣味与刺激。但我毕竟神往极了那蝉蜕的象征，某一日热得头昏脑胀的铜锣湾，淹在人蚁洪潮里等绿灯过轩尼诗道时，双层电车叮叮叮来了，我遂又妄想着像汝南人费长房奇遇那卖药老翁，于收市后纵身一跳，跳进挂在肆头的壶中即是住处。真遇见了，我一定跪拜老翁，收我为徒。

搬进高地，似乎才睡了两晚，夏天了。虚构的幻术远远不及现实的诈术，我日日早出晚归，租房确实像是高悬城市边缘的神仙壶，夜暗后捷运一苇载渡我快速回到山丘脚，给办公室空调与日光灯淘呓了一白天的脑袋全是废渣，我得以轻松一跃跳入。我告诉自己，这里与那日南丫岛的制高点具有相同的意义；阿Q的精神胜利法。路边刈成平头的七里香树篱，月光虽好，激不起小区的狗吠一声，何况看我两眼？

客厅与露台之间开有大窗，好佳哉没有加装铁窗，因为愚俭，我接收了同事的干燥花，继续倒挂窗柱，枯僵的花瓣与枝枒因风摩擦出有些清寂的声响。靠窗一张房东留下、卡榫略有松脱的黑色长方大桌，我稍微抬头便可以看到山丘脚的捷运四节车厢发光往返，还是联想到那用滥了的比喻，时间的飞梭，穿过数百年前的柚树林鬼魂，往终点驶去。一天就要过去了，但心有不甘，我欢喜甘愿、想做的事无一件做到。视线再放远，只有光害，再远肉眼不能及的是山脉还是海岸？我相信这一切虚实背后有个大意志统摄着，吹之以息而运行转动。突然悟到，所谓永恒是多么消磨心志的东西。等到最后一班捷运放慢了驶过，梦中那繁花盛开的森林于是以云雾涌起的速度成形了，压抑一白日的念头与心思树冠鸟群般叽喳闹了起来。

我以此一行诗句嘲讽也安慰自己这职场的寄生虫："她在森林的花丛中死去，她知道，在别处还有更加茂盛的森林。"每一晚大致如此。

我的胡亥年，也是因特网开始蔓延昌盛的时期，拨接上网时，总有一节长音像老鼠吱叫，犹原属于工业时代的声响，叫开了穴洞，我一脚踏进，魂魄旋即给位风暴刮得必须背反倒走，才不会迷失方向。在此实然世界死去，在彼虚拟世界鲜活。我要不要相信，在那网络冥海，来日必然生出某种神奇或神人，其翼若垂天之云，足以绝云气，负青天，游无穷，让我旧人类仰望？

我发现的是还是字，在屏幕一角好像刻在青石板，一字一字历历分明。原来，更加茂盛的森林在此。我看到那人仿佛在同伴离开后漫游林中，采果，爬树望远，看地上兽迹，涉溪叉鱼，烧起篝火，焖出烟雾试图发出讯号寻召唤同类。

每晚我匆匆回到高地，急着联机上网，那人每日在青石板发一篇文字给我几乎是一剂鸦片了。看着捷运光体蠕蠕而过，感激之余，暗暗地我觉得可耻，真可耻，毒瘾的罪疚感。

高地加上高楼加快了时间前进的速度，热天结束，凉风如水，一晚我电话叫送一桶瓦斯，老板警觉，细察了下，斥我，瓦斯炉会漏气，你自己没发觉脸红红的不正常吗？我将那应是前房客的单口瓦斯炉分尸拆解，准备扔了。第一道冷锋很快就会来，那时，睡眠与死亡看起来是孪生兄弟。

星期天阳光普照，整个高地的人气显著增加，然而每一活物还是如同枯水期河床的石头。我绕走一圈，调度站门柱下司机将吃剩的饭盒喂野狗，某栋不明所以的建物旁，野草狂长如甘蔗林。太阳持续烘培下去，来日此地会进化成一顶金冠吗？还是一处水泥钢筋废墟？

我决定搬走，去那繁花森林。经过自助餐店，一只精实黑狗凶吠了我，咧着白牙，廊下一个男子，短裤下两条禾杆腿，嗤鼻道："连狗都嫌！"

曾经有个田教授

相隔十五年，相似的天气，包括光的亮度与色调，无风，我步行数小时后，汗水从颈后黏到尾椎，看到路牌白底黑字，Arthur Street 鸦打街，一瞬间，我以为时间结冻了。对面墙壁是好大一张黄底告示，红黑二色的字一条条的麻将规则，旁边一扇寻常小门，通往赌烂人生吗？紧邻的南北大道，车潮带起尘埃滚滚苍苍，沿路的金饰珠宝店多得像便利商店，蔽天的巨大招牌简直是黑洞之门。我有了在此寄生一阵的念头。

更早一次是在某家老牌粤菜馆的聚餐后，初识的年轻女子请求我们护送她回家。她提醒小心别踩到秽物，弯进一条脏臭窄街，灯影黄浊，她按了常锈逗的门铃，仰头大喊丈夫名字下来接她。一楼店铺打烊了，拉上铁栅，横倒着几具醉汉人渣。一九七〇年代这世界大城破产的恶传说，老太婆给按在楼梯间强暴，住户漠然跨脚上下楼，当作没看见。如果，如果能在此住下一段时日，譬如与街角杂货店老板熟了，洋槐树开过花，能叫出一个个酗酒游民的名字，会因此得到多少故事？

瓜果大熟的暑天周末，天干物燥，向阳窗柱似乎一捏就碎，地上万物的影子又淡又短,我依循地址很顺利找到那短街,街口一辆小货车,堆栈一车斗高高的荔枝,掉下而踩烂的果肉甜腻了车旁的柏油路。铁窗铁门的老公寓,楼梯间蛇出一条黄色水管,汩汩吐着银亮的水,一时时都是活的。之后我得知屋主有个美丽名字,取自霓裳羽衣曲,却是脾气很坏的北方大娘,纹眉像两把柳叶刀,但凡答话先啐啧一声,我再问,她赶苍蝇般甩手,"就这样。啰唆。"主卧室旁的房间,她也是开门让我张看一下,采光很好,随即关上。中介迟到,虾腰道歉,她怒瞪他。中介转移焦点问你先生康复了、出院了吧,"没你的事。"两人转而讨论避税的细节。

彼时我没想到是顶楼的缘故,让人热得如同一麻袋的带芒稻谷。大娘房东不时利眼射我,西晒有一横条影子在她脸上仿佛贲张的虎须。我突然看到仿皮沙发上摊开一大张报纸副刊,正中印着我的名字。字灵崇拜症候群发作,我不得不对那名字说,就是这里吧。

从前一起赁屋的老友,辞去中南美洲纺织厂的工作,绕去东南亚浪游了三个月,回国返乡南部前来访,我们席地而坐,整间房子还未添置家具,灯泡瓦数太小,像是我们曾经寄宿过的异国乡镇小旅馆。老友述说赤道的海边与赌场,他参加义工组织拯救象族被奴役当乞讨工具,也在边界看了美丽非凡的罂粟田,住了河对岸猴群吼叫的高脚屋。讲到午夜过了,喉咙干了,他拿出相机,说底片还有几张就拍拍你的屋子。养在盆里的洋兰原已颔颔了无声坠地。

一周后,好友寄来照片,他晒得黑晶靠客厅的墙,笑出一口白牙,头顶斜带氤氲一大团白汽,便条不说破是灵异现象而写:"你有怪脑博士田教授作伴？！"

比起海底生物的万千触手款摆，秘语传呼"海王子来啦，海王子来啦"，只有一团大脑存活装在幽浮容器飞翔自如的卡通人物田教授，不失是解决现实限制与物累的完美解脱，我更以为是万恶人类在未来得以存活的出路。

父亲有事北上，来住宿了一夜，要等五年后，才能事后知觉那是他仅有一次在我住处过夜。年轻时车祸跌伤腰椎的宿疾，让他一躺下就嫌枕头太软，起来寻找垫物，我们在书架底层翻出砖头厚的电话簿最理想。睡眠与死亡看起来就像孪生兄弟，父亲睡相好，不侧睡也少翻身，我窥看他睡得鼻息悠长，缓缓起伏，电光一闪想到小时候暑天乡下，他午睡得齁齁响，我伏案偷用他的钢笔写语文作业，日晒将房间埋在金沙里。

热天绵延甚长，热得让人渴想竹席、瓷枕，玉蝉玉簟，竹夫人，或水床，回到那地球尚未发烧的古代。其后两三年的时间，常是过了子时，我一躺床上，客厅木地板哔哔啵啵，是一双脚沉甸甸踩踏试探，我一半跟自己解释是木柴释出热气的物理现象吧，另一半试图心电感应，你田教授幽浮降落吗？我得睡了，不陪你了。更常有的是黄昏过后我回到家，一人形同禁语时间，我蹲下捡拾或清扫毛屑时，田教授忽然便悬浮在我颈背上。一瞬间，颈背汗毛一如海底生物的万千触手，款摆并低声齐呼，"田教授来啦。"我心中接口，我知道是你，我们和平共处吧。我避问他可有所求？我猜想，他应是疑惑不解怎么一陌生人占有了他的空间？我回想他的北方大娘妻子那虎姑婆样子，浴缸上方靠墙加装了不锈钢扶手，他最后的时光想必老病一身。

悲悯之余，换我疑惑不解，有什么住处值得如此执拗眷恋？顶楼才能看清这集合住宅的回字结构，有一段女儿墙里高耸杂草霸占，足以藏躲一班野战士兵。不论放眼那一个方向，楼丛外还是楼丛，楼丛外只有楼丛，乏味的城市迷宫。

老友回南部接手家族生意做得顺利，买下父母家隔壁楼上搬去独居，入厝彼日我去了，他母亲拿一叠黄纸朱砂画写的符箓逐个房间张贴，法令纹很深的嘴念念有词。我们在临眺大街的大窗下坐到深夜，鱼缸里的绯红肥鱼像是警卫巡逻不肯睡去。谈起怪病猝逝的友人，老友喷烟感叹说，符箓会阻挡新鬼友人入梦的路径。

年底，老友北上，坏习惯买来一桌油腻吃食。那晚我们各自有节目，午夜我先返住处，走上昏暗的楼梯间，蟒蛇般粗的塑料排水管漉漉直泻，一进屋，看一桌残肴与碗盘狼藉，恍惚有感，一起欢宴的人散了就散了，晚散不如早散，散了更好；转而想到阳羡书生的故事，求寄鹅笼中搭便车的书生口中吐出妍丽少妻与一席酒馔报答负笼者，其后妻子吐出情郎，情郎再吐出情妇，各自心有所属，连环套的人环传奇。

四方邻居都睡了，静默中我突然些许怅然地察觉，田教授已经消逝好长一段时日。他永远离开这间房子了。

咳废 café

汉文帝十一年，其少子梁怀王堕马死，作为太傅的贾谊自伤为傅无状，哭泣岁余，亦死，年三十三矣。二千一百八十二年后，我走到据说是贾生外放长沙时的故居门口，一如古装电视剧的片场，张望一会儿，并不进去，苏东坡论断他不善处穷，"志大而量小，才有余而识不足。"我自认哀悼致意到了，走回老街口的咖啡馆。一位粗壮的中年大汉溜进来乞讨，有看似富商的顾客随即蹙眉颐指店员驱逐。

跨国品牌的咖啡馆宽敞且安静，不怜老惜贫，谨守中产的拘谨魅力——琼瑶《窗外》、於梨华《又见棕榈又见棕榈》、金宇澄《繁花》都是佐证，咖啡馆曾经是以黑暗发酵触觉的情侣卡座——年轻脸庞光亮的店员来到坐矮脚沙发的顾客前，能够以客为尊，蹲伏服务。

软硬件标准化的跨国品牌咖啡馆，如同那个住家沙发长着一双翅膀的意象，去到哪里都一样，不必担心陌生的威胁。

每天，我行经高楼下列的道路纵谷，半空有捷运穿梭，若是晴日，车厢便仿佛一畚箕一畚箕翻搅稻谷：年轻外配独撑的葱油饼摊车与眼镜行门口，一棵大雀榕春夏抽出丝绸般长花瓣。再走，连锁平价咖啡店的抽烟区，固定四到五个穿拖鞋的烟枪，女比男更男相，千百年前他们的祖先就是如此群聚在洞穴口大声说笑大口酒肉。

不到两百年前，古早人还在粜米古道、茶路古道上坡下坡，现在老夫妻只要搭电梯下楼即是一座咖啡馆。"你来的时候，天昏地暗，只有波涛在你茧色的布衣后翻滚；溅在身上的水花，像是情侣死别前挽留的手……"少年时读过的沈临彬诗句，自动浮现。两老来此早餐，自备环保杯，衣履整洁，帽子拐杖齐全，食毕丈夫头略一颓打瞌睡，睡容甚安然，不打鼾，更像猫头鹰了，抽长的银白眉毛披拂，难怪古文称眉寿；纤瘦的妻子眼睛乌亮，看联合报，一版一版细看，像竹筏顺流直下。全程两人不必交谈一语，是一条电线里的阴阳二蕊线，各有各的世界。辗转听过一出租车司机的乘客分析，男女谈话都是秃头句子的一定是婚姻过了保鲜期的夫妻。半小时后，丈夫起身拄拐杖碎步上厕所，经过我桌旁，闻不到一丝可憎的老人味。等他碎步回来，妻子已将桌面收拾干净，夫妻并肩离去，免牵手也不扶搀。张爱玲的妙喻，他们的存在像是数学定义的点。

午餐时段偶来的一对基因承传很明显的父子，一样的身高、马头般头型与五官。所谓中产，在他们身上显现最残酷的意思是，稍具经济能力遮掩不可修复的残疾吧。两人大步匆匆进来，各提着帆布袋与公文包，衬衫西装裤一身汗气，白发老父稀疏处露馅般现出粉红头皮，眼皮塌垂；发音含糊的儿子话多，嗡嗡鼻音的是闽南语所形容的"臭奶呆"，讲股票，讲国际大事、遍数几大国领袖，再讲商场名人与其经营策略，皆是几本商业杂志的片段摘取。老父看似心不在焉地只听不应答。满座时的咖啡馆像旧式蒸汽火车头,碗盘刀叉当当响亮,街心一半是正午饱实的太阳光,每个人有自己的前程,苟得其情,自然对白发老父生出悲悯。如同录音回放,儿子继续说,我们陪听者很快察觉,可能是哪一对染色体变异,他的心智一开始便植在玻璃瓶内,是永远不能长大成人的憨子。

始终宁定的老父旋身时才让人看到他右耳轮挂着肉色助听器。

模拟海明威,我这样设想,儿子问:"活着困难吗?"父答:"看情况。我的助听器可以开也可以关。"

市府奢靡的德政,翻新人行道,半人高电钻剧烈颤抖、渲染着浓厚的色情意味挖起旧砖,音波震撼方圆一公里。两张小桌合并等于十张 A4 面积,换上一对老母子,风干橘皮肤质的黑脸中年儿子去点餐前,伸长厚实大手向老母要钱。还是张爱玲名言,"能够爱一个人爱到问他拿零用钱的程度,那是严格的试验。"她无有豫色的给了。人间条件是老到了某个年纪,不能生产的冗员了,自觉停机状态,心虚得畏惧起儿女。进食的样子显示老母俭朴、拘谨,废材儿子一边囫囵一边滑手机一边喝训,你看你怎么吃的?你这吃相,就会怪牙医。说是玉米浓汤,你真以为会老老实实每天熬大骨汤做一锅,还不是香精色素加上化工原料。吃完啦,别两小时后又说你血压低。哎哟,柚香绿茶,柚子("柚"拉长半音);花茶是骗那些无脑女人的,养颜美容,屁。咖啡利尿,上回的教训还不够?每半小时就要找厕所,懒牛厚屎尿(闽南语发音完美),想喝,可以啊,你先穿上纸尿裤,我就让你喝。

大电钻继续咆哮，音波企图撬开头顶的囟门，更仿佛扫射抢滩敌军的机关枪，将浮沉时间里的闲置人口打成糜碎。咖啡馆的老父子老母子令我悲怆，令我忧愁因为蹂躏过度已经不堪处穷的地球，我们如何认定他能继续裕如地供养七十亿的人族？据说犹太人的赎罪日是拉比手按着一只（老？）山羊的头，数念出人们犯下的罪，罪恶转移的仪式于是完成，（老？）山羊其后被放逐沙漠。

在这如常的普通一日，午餐尖峰时段一过，上班族一律乖乖回返蜂巢，整间咖啡馆随即懒洋洋要午睡的样子，音响里唯一的一张情调CD又从头放起，永劫回归的微小隐喻？时间的末日殿堂，无人在乎，无人死去，逐一静静地腐朽；厕所发臭，小蟑螂孳生，交班的店员彼此都有一股幽怨，其中一人铅笔窄裤包着屁股小而紧翘。在这里，最有用、最具劳动力的不过是一具人形机器。隔着一道装饰珠炼，两座沙发挤了五个毛发苍白的老人，聊着刚才的联谊聚会，话头一律是"那一年"、"那个谁谁谁呀，你们知道我在说谁"。交谈持续半小时，咖啡还没凉呢，五人头或左颊或右颊，像深夜林树上栖睡的鸟群。然而五张放松的脸确实是在演习一次小小的死亡。

旧厝边

年假尾声,开始回暖的下午,旧厝边的某太太由女儿陪伴来拜访母亲。她女人男相,高强大汉,现在满头灰苍苍,拄着拐杖,说是几年前髋关节骨折,她一双宽大的穿着男性拖鞋的脚跨过大门的横杠都有点艰难,眼神并不老眊,见了我便问:"啊怎么不结婚?"随即历数了旧日邻居第二代谁也没娶谁也没嫁谁移民了,好像摊在手上一本金陵十二钗副册。

讲起以前的人与事,母亲的话语跟着响亮。某太太落坐在我父亲生前惯坐的沙发位子,虽是四十多年的老邻居,与母亲还是先确定彼此的年龄以定长幼。原来,她与我父亲同年。

李小龙暴毙的那年夏天,父亲租了一部货卡领着我们辞别台北城南下,高速公路完成前的纵贯线多油加利树,二叔在台中境界的一定点与我们会合,风沙绞着炎阳的省道路边吃了中饭,驶进市内完成那一日的搬家大事。

新的住家在一长排两层楼联栋、瓷砖外墙、有骑楼的纵深贩厝里,坐南朝北,屋前一大块铁蒺藜圈起都是砾石的空旷瘠地,焚烧野草时,更显蛮荒,也给我一种错觉,这里靠近世界边陲,云天呆滞杳杳,两三百公尺外的大马路不是冒险的蹊径，而是通往荒陬乌有乡，还未开始却已烧成怅然烟雾。事实是大马路左走十分钟便是我年幼短暂与父母一同住过的所在，一楼是酒吧，早上有人担着一桶姜汁豆花走卖，晚上的霓虹灯影里，我亲眼看见黑人美国大兵揽着吧女缠绵亲嘴。

我如同游魂，躲到二楼屋后西晒的露台，跟在屋棚上漫游而目光磷磷的野猫对看，翻遍橱柜找到一本言情小说，好难看。彼时正当盛年的父母却正处在经济最困窘的时候，然而有着绝不在子女面前哭穷叫苦的强烈自尊。就像父亲为我与弟弟购买的床是铁架的上下铺，放上木板后组装完成时，我知道他察觉我默默看着他。这年，他卅七岁，做生意一途还在屡败屡战阶段。

二楼以三夹板分出三间房，住了一位在空军基地服预官役、就等退伍随即赴美的准留学生，我独据一间空房企图努力修补烂透了的初一课业，透着阴凉水泥味的空间常常让我出神，掉进一个虚无的困境，我究竟是什么？存在的意义是什么？日影进来时，我想象那是资源极度匮乏的偏僻山乡的旅店，而我像卡在蜘蛛网里的虫子。

一个暑热的深夜，父亲开了前门向外大喊："抓贼！抓贼！"贼是从二楼露台潜进，偷了军官的打字机放在女儿墙，抽了两根烟等候，认为大家睡熟了才下一楼；母亲说半暝地灵轻，为啥楼梯有生分的脚步声？贼与父亲在楼梯间拉扯了几下，逃了，到手的打字机带不走。数日后，父亲带回一条可爱的小黑狗，养不到一个月，白天倒毙在防火巷，邻居小孩来报信，狗尸体旋即消失。父亲认为被当狗肉吃了，黑狗是上品。

那一大块旷地辟成汽车驾驶教练场,我家住处从9号搬到13号再搬14号,但对那一排贩厝,我始终没有办法喜欢,因为基本的审美观不允许。隔壁邻居终年在煎中药,后院地下安了水表的铁盖一掀,一窝肥大蟑螂,总有几只冷静不逃,摇着触须像一对翎子。母亲说,向北厝,寒热有,冬风刮起,整条骑楼特别寒冷,玻璃窗不时隆隆响动。转弯一个短陡下坡,左边一户乌黑平房制作老式糕饼,铺着细石子的院子有番石榴树有帮浦,停水时屋主慷慨让邻人取水;右边一户殷实人家有广阔的果园,种植最多的是荔枝。前行,夹在商专与教职员宿舍村是一条野草茂盛的蜿蜒秘巷。那时,市区还有不少的凤凰木,花开时如积雪如火山岩浆。外向、爱朋友的母亲在这里愈来愈裕如地生活着,她与其同辈、同身份、相同的每天生命情境的邻居妈妈们,热闹、意见纷杂地处理日子这一道食材。

因此,在年节的这日,"花儿都哪里去了?"旧厝边的太太一一细数给母亲听,自从附近盖了两栋百货公司,商专对面成了夜市热闹滚滚,咱彼条巷变得窄挣挣,车停满满,你知悉驾驶训练场变成一栋停车大楼。老厝边都搬走了,8号租人做咖啡厅,14楼改成落地玻璃窗门租人做办公室。陈太太听讲在美国大后生那走了,4号5号的欧巴桑亦都走了,杨太太钟太太搬去住新厝,钟的爱饮酒,你记得莫?15号的外省婆真奇还活跳跳。6号彼个心理不正常的自巷头斗到巷尾,半瞑偷划人停在门口的轿车,划得一痕一痕,很恶质。凡此种种。

我甚喜欢也赞同英国小说家格林的说法,大多数人穷其一生,真正熟知的不过是那几条街,我乐于稍微扩大范围说是涵盖数里的一个城区、一座乡镇、或者沿河岸或铁道一小小时走程的范围。熟悉一如母鸡伏卵,自然孵出情感的雏鸡。但那一排寻常贩厝及其人家,我从一开始就心存成见、拒绝接纳、恨不得早早抛弃,我总苛刻地想,这样的地方怎么欢喜甘愿爱得下去?《男人真命苦》系列电影那可以随兴回来随兴离去的永恒节庆般老街,毕竟是创作者的理想国。然而听着某太太与母亲话兴亡沧桑,我好像看一部缩时摄影的影片,心中微有涩苦。她们那一代的主妇,曾经身份证职业栏给予的名词是"家管",已经进入河面混浊逼窄、航道淤积难行的老年期。

母亲还不到四十岁的那些年,长长的夏秋日子,夜晚蚊子多,蚊香效力有限,母亲想到一个方法,十点多时关掉屋内灯一阵,蚊子受趋光性驱使停在屋前屋后的纱门纱窗上,强健的母亲于昏暗中背着小弟悠闲踅着,脚步声是另一种钟摆,万千年来育儿期的母者形象,她一手卷着一筒报纸,百发百中打蚊子。屋前两三百公尺外的大路上偶有夜行货车轰隆驶过。我同样瞪视着昏暗,觉得自己与所谓的青春是如此愚蠢无用,格格不入。纱窗外屋后没有遮雨棚的水泥地落着一块冷冷发青的光亮,我幻想飞腾数百、数千公尺空中,目光聚焦此一光点。若干年后才领悟,绝望与希望,同源也同在。而在暗夜中梦浮桥那般浮现,需要自己去行走以完成的道路,那时还只能转往睡梦去。

最近的异境

真理之一，直线是两点间最短的距离。无夜不梦者，非常乐意这样推想，做梦的我与梦中的我，是两个几何学的点，只有位置，没有体积大小。

然而，非理性的梦里，梦途颠簸，虽不能说是身陷其中、如同陷眠，但我一再回到那自己构筑的场景，庞大且歧路蔓生的地下铁站体，仿佛阴影中持续往下探底的漩涡。梦径正是迷途，或者说，永远在途中。

友人说出可以拿来做墓志铭的评语，"你做的梦比你的人生精彩。"

我无从辩驳，两者不是正片与负片的对比，而是刺绣的背面，腔肠的内视。梦所扭曲复制的比本尊更繁复、更芜杂，缩小比例，密度增加，唯删除了声轨，没有味道，且大幅减掉了暖色与亮色，因此接近秋冬云层厚积的欲雨午后，苍茫，灰暗。更像只杀人不毁灭硬件建设的中子弹爆炸后的世界。

几年前得知某大城兴建巨无霸车站复合体，从机场、火车、公路、捷运地铁来的，一层一层辐辏一处，再自由决定辐射出去。方向感堪称良好的我无比向往，自信不会迷路。无惧酸雨侵蚀、抑菌、不生静电的看似不锈钢材质，大量强化安全玻璃，与大面积桁架为建筑主旋律，化纤地毯吃没足音，大尺寸屏幕飞机与列车班次时间以及终站天候信息一目了然，红外线侦测把关的电扶梯送往无人驾驶的电动列车，目的地清楚，无人必须惊慌，大家都一样的好驯服好听话的过客，在这转运的中继点，庶几乎"一而不党，命曰天放"的境地了吧。

难怪我那么勤快地去往梦中的地下车站，没有行李，连登机箱或后背包都没有（未免是太过清楚的隐喻），休眠中的大脑可堪动用的太少，据实以投射的场景难免像是经费不足的简陋搭成，楼梯，过道，月台，X型铸铁梁柱，粗糙的水泥，昏昏沉沉，真像旧俄时期大军开拔去前线的死别。我察觉时间迫切，奔跑起来，每一转弯就是岔路的选择，没有指示牌的辅助，只能依靠直觉与运气，总是在我到达月台时，看着我应该搭乘的列车在平行的另一月台启动离站。没有恼怒，少许惆怅，我呆立着。抵达之谜。

我做的梦必然意图传达某些讯息给做梦的我。

梦的地下车站当然有所本，纽约地下铁的中央车站—42街与时代广场—42街两大站，乘7号线进城（因为乘客以亚裔为主，很快被戏称为东方特快车），前者转4、5、6号线，后者转A、C、E、N、R、Q、1、2、3线（路线其实不止这些），各层月台间Z字形信道歧蔓，总是在人流中给推曳着走，各色人种溷浊的气味风暴好难闻，简直窒息人，上坡，下斜，转弯，不暴动，不躁乱，非洲裔仿佛黑太阳在角落敲打一只大镲,那亢进的律动振奋人加快脚步。庞德短诗的出神瞬间,那些人脸鬼影,潮湿黑色树干上的花瓣,未免过于浪漫,我确信地铁车厢内除非是乞讨者,同一张脸我没见过第二次。上世纪九十年代初的一个寒日深夜,我从下城来转车,地底月台几乎无人,列车久久不来,幽深隧道像一个历史悲剧张口痴痴等着,俄然有个浑厚男声清唱卡洛·金的"Will you still love me tomorrow?"歌声如蝴蝶飞翔,我寻声找着,是个大块头黑人流浪汉。

　　成功上车了。梦中列车自从前来,莒光号?会车让行总要等好久,太阳曝白了玻璃窗,多年后终于明白"枯等、焦渴"的传神。年轻服务生先是端着盛满农林厅茶包的方盘子供乘客挑选,再提着大铝壶,逐一为玻璃杯冲加沸水,烫醒干硬的茶叶,归放杯架,只手飞快翻掀杯盖。偶有妇人一路嗑瓜子,终至座位下一层瓜子壳。车厢晃摇,慢慢地安稳前行,我看见车轮带动长轴的特写,遂起身走走,一旁有行军床般的卧铺,军绿帆布紧密包裹着一长条,我内心断定,是尸体。不断分歧的梦途无有尽头,或者是周而复始的回路像是山手线,总算某一夜列车靠站我得以下车,石榴、二水或志学、关山?五香或日暮里?阿灵顿国家墓园?杏花邨?滑铁卢桥?Ayutthaya?Princeton Junction?武汉的循礼门站?翡冷翠二十分钟车程外的某一小站?站外的路湿漉漉,我等着接驳车接续另一行程。

　　总算列车一转弯,驶进没有温度的日光里,我贴着炫光的窗玻璃看海湾有浮冰与鸥鸟,伸进海水的木栈道堆着雪。我心知没有那么好的运气,这是无有终站的路线。我庆幸从没向往过电影《铁道员》

中的幌舞小站。我最神往的是老疯子布恩迪亚有无数房间的终极之梦，一个接一个完全相同的房间，逐室走动时宛如置身在平行镜面的画廊里。

罕有的日光场景，大约十几年出现一次。陈旧的梦自会被取代，与时俱进而换新的可是轻轨？列车崭新，玻璃窗明亮，沿着好像乐园的一条大河缓行，众多乘客活泼有礼，专注看风景，河湾处有沙洲，蓬勃着一大簇一大簇花树，列车遂与清澈的水流平行，对岸则是芳草鲜美，向天际绵延。一样，狭隘的梦没有启示的责任，不会透露行程的终点，它毋宁是取材到处是果树的幸福童年。人生的中途，梦径上，旅游中，继续漫无目的游荡吧，直到梦的锅炉熄火。

因此，祖母终于破例来了。那是老家院子接壤邻居农地的灌溉水沟，沟边长着槟榔树，沟水来自水圳，循其源头一定是中央山脉的河流。我在沟边种着三棵小树，土质疏软，才种下便倾倒，令我懊丧。穿着长衫的祖母蹲在我身边接手，一种便成。我们身后是院子那一棵枝桠垂地的杨桃树，繁殖力旺盛，总是发疯般结果，全家很快吃腻了，任由熟黄了落土烂甜。

此梦如同杨桃树下的沃土是湿黑的，甲骨文的梦字，一个人睡在床上，一手指着自己的一只大眼睛，"恍兮惚兮，其中有象，恍兮惚兮，其中有物。"人脑的松果体，科普书说是人类的第三只眼。姑且信之，那通往最近也是最远的异境。

来去纵谷

旅途中的人，比谁都坚信此话吧，不可能插足同样的流水两次。除了那小车站。

站名源于阿美族语志哈克树，然而今完全不见此树踪影，那时频繁来搭刚刚夜暗的班车，却好像湿气还重的阴润大清早，一路上有露水的痕迹。不过几年，侧门的一条短街愈发成了繁荣的民生主街，吃食店铺与一大间占地广阔的百货行是大宗，也有诊所，机车脚踏车店，街边空地常停着一辆小货车卖水果，胖胖黑黑的老板有着憨厚笑容。几乎每隔一段时日，就有一间面街老房子在动工改建，所谓进化的强大力量。终于接壤省道大马路的转角开了连锁便利商店。

小车站等于是开放的，站前即民宅，电视机的声光外泄，地界交接处随兴扔着盆栽，出站的人与接送的车很少逗留，行李箱的轮子摩擦水泥地特别显得天清地旷。只有刚刚夜暗如同大清早，仿佛时间的雾区，那瓷砖脱落、灯罩破裂、座椅颓塌、锈斑与强韧野草共生的月台，乘客稀少，戴大盘帽白衬衫的站长走过轨道，我发神经认为像是耶稣行走水上，他上来与我们一起专注远方候车。昏暗的重量来自后方的缓坡，我想起第一次搭车接近这小站，看见轨道旁的面包树果实，丰硕沉坠着，令人想到传说的亚马逊女战士割去一边乳房。

在雾区中离去或返回，次数多了，偶尔一次坐上才三四节的区间车，车厢中有月洞隔间，其上一小方铁牌"唐荣车厂"，橄榄绿的塑料椅垫，车门车窗全部大开，车速凉彻了晚风，零星几个活泼的中学生笑闹着如同一团光跶跶，我闻到田埂水流声中的鸡鸭粪味，怀疑搭上时光倒回列车。

那一长段铁路与省道并行于纵谷狭长的平原，我再次回来是落雨的夜晚，曾经是甘蔗田的校园潮闷一如还是窝在蔗叶林下，创校规划的河道早成了野草遍布的枯河床，可以平视不远山棱线的球场空无一人，广阔的平静里充满了微小喧嚣的细节，有秩序栽种的树群正在努力抽长，确实是看云观天睡的好所在，整片校园谦畏如同一只托盘，只是在雨夜里咕唧咕唧响着另一种音调。日后朋友转述，象神台风时，狂风卷起屋瓦，满天血滴子。光源最明亮的是活动中心的便利商店，门口乱停着脚踏车。

这次寄宿处在校园另一头，穿过昔日甘蔗林，踏过比屁股大的叶子、凤凰木细碎的羽状复叶，荒无人息，三岔路口又是一家明亮的便利商店，我进去买了晚餐，弯进巷子里的两坪大套房，一床一桌一卫浴，落地窗外的小露台满是囤积不知多久的枯枝鸽粪，可憎的读报症候群随即发出警告，鸽粪是传播脑膜炎的最佳途径。稍晚，鸽子飞来窗型冷气机上栖宿，也如人在睡床的呓语翻身，依偎取暖，间歇地咕噜着踩一踩，想见他们伶仃细脚上的滚圆身驱。我在醒睡之际，想数清楚他们到底有几只？小时候，二叔在瓦厝上一角钉做了鸽巢，爬上竹篙梯子，一手稳稳抓着鸟背，嘴尖尖检视脚环，傍晚放风，仰头看他们飞了一圈又一圈，心胸跟着宽了。鸽语咕噜温柔，我直觉归档是驯良之辈。天一亮，先醒的鸽子叫醒我，又一只飞来，敛翅加入开早会，踩得冷气机机壳一片响，不久飞去，很有精神的振翅声。稍后又来一只，也不知是不是先前那只。来去之间，太阳升高了；迟鸽小筑，令我想到久远的一本书名。

房子器皿，有其无用的空间，方为大用。其后四个月我每周只来逗留一晚，天亮离去，不留一件身外物件。比起云水挂单，四壁之间，自觉更像是蟢蛛（高脚蜘蛛）无声息爬过。整栋双并楼房尽是隔成这样的套房，楼梯间一整面的信箱与电表，我这一户隔成三间，大门后更有三扇紧闭的门，仿佛现代人窘境的老旧隐喻。偶见隔壁门口一双运动鞋或拖鞋，塑料袋包着空的纸饭盒。我从没遇见过邻居，甚至没听过话语声，一次也没有。每扇门后似乎都是一个惰性元素。

我并不怀念将近三十坪可供一家人居住的学人宿舍，那一学期，一到周五夜，整栋楼唯我一户亮灯，磨石子地可让我一路从卧房翻筋斗到客厅，一张大木桌也可让我摊开打印妥的一中篇小说的每一页玩随意接龙。宿舍前干净的路与树，右弯拱桥，桥下野草高过人，清晨的路边有环颈雉带着几只幼鸟。下午西晒，整间宿舍都是膨胀的光与影。这样豪奢的空间对独居者毋宁是负担。幸好只是短暂客居。

现在想来，两个钟头的快速火车后，若顺利随即转接上慢车，若不就候得客运在午阳里晃颠到小站，走短街进入甘蔗林校园，一路形同过滤。我感激如此纯净的空气与水，大面积的天空断人杂念，却直觉不宜久留。只做短暂过客确实是我的幸运。

最后离开小套房那日，晴暖的十一月底，我仿效查拉图斯特拉如是说，你这伟大的星球啊。我手握钥匙看一眼住着L的斜对过另一栋楼，不知她醒了没？那时她已经陷入两年后让她身殉的感情漩涡了吗？我岂有神力穿过虫洞敲醒她，梦幻泡影，来日方长，千万千万别傻。短巷出口即有早餐店，两个我认定是亲姊妹的老板，朴实勤劳，两人快手做的吃食特别丰盛。

回溯到小车站，是日乘客特别多，太阳煌煌，曝光了一切，焦褐的铁轨两旁是草木不生的荒芜，蓝天呆滞，强光与高温既判生也判死。不远处一平交道，通往一个新开发小区，必然也通往一座侵蚀山林的宫庙。这里只是纵谷的一个节点。火车头远远的一冒出来，月台上的大男生向着车站里的同伴着急大喊，快点啦你在摸什么啦钱就给它投下去啦你白痴。还是慢慢跑上天桥的是个黑T恤胖男，拖不动一身的肉。我想到侯孝贤电影《风柜来的人》，毛躁的青春是一团纠缠的彩艳丝线，已经几个世代了，他们的汗手不在理出头绪，而是什么？我一时没有答案，跟着上了火车，希望大太阳也一路北上。

故人的影

兰州机场感觉上不会比一个普通城镇的车站大，很实用，我直接坐上到市区的大巴，烈日当空，高原干燥，沿途地貌一丘丘层叠，不多的苍绿浅浅附着在黄土上，使人了解山脉确实有老年期，线条钝了平缓了，像侏罗纪公园那一群草食性恐龙在集体午睡。如此高原群山，只宜戍守，岂宜人居。

一段据说是李约瑟所写的文字，我曾抄写在记事本，"中西之间，沙漠丛林，雪山汪洋，还有汉唐盛世三千年岁月的阻隔，谁能纵横往来？谁是引路驼铃、车夫机师？是爱，否则此路不通，飞机也不能翱翔升空。"

不知不觉，T死去快二十年了。每次路过我们曾经租赁过的两处楼房附近，我毫不犹豫快快走过。仅有一次，巷口的消防分队改建新大楼竣工，另一边原是铁皮围篱圈着的野草荒地在兴建中，虹吸管原理般引我弯进去，日头在水平排列的巷弄楔形照耀，起码三十年屋龄的楼房，前后露台宽绰，当初愿意多花些巧思的将女儿墙条状镂空或浅浅的半月造型。我们住过的二楼那一户西晒严重，新装的冷气机机体巨大，雪白的管线蟒蛇般爬绕。一楼大门隔壁的小吃店也还拘谨开着,始终看不出生意好坏。

除此,一条巷弄可以改变的不多,新旧住户不必到老死总之不相往来,照样摆破烂盆栽脚踏车甚至装置路障占停车位,那爱整洁的也一样晨起洒扫,门口花木扶疏,檐下风铃叮叮响。不见野猫狗,倒是偶尔见到一个虬髯白人。

T洁癖,星期日是他设定号召的打扫日,他自觉爱干净不能过度干扰室友,遂认领了厨房浴室,自我调侃捏着嗓子唱流行歌《领悟》刷马桶,最后拿着干净的湿布,赤脚全屋走一遍做收尾与检查。就像那几近强迫症的洁癖者,每一摆设他得数次调整方位才能心安。他一己的小房间,除了缺少书,如同薛宝钗的住处,洁净似雪洞。

那一年,我自香港的职场铩羽而归,臭脸茫然,H被派往中美洲的纺织厂,预计半年后回来,J从大公司病奄奄辞职到另一家外商从基层做起,每周熬一大锅中药治养肝病,A与B则是神出鬼没轮流偶尔来借住数日,Y兴致来了便来下厨煮一桌菜,饭后餐桌收拾了倒上麻将,佐咖啡与烟打到夜半,对过二楼的男生开着音响在客厅对着镜子独自扭舞。延伸出去,朋友的朋友们偶尔来蜻蜓点水,鬼祟讨人厌的甲,喜好玄学的大头乙,老烟枪丙,中学老师丁。一整个宽绰房子像热带雨林。大暑天清早,我几次愕然看到A、B与Y沉沉睡在沙发与磨石子地上。玄关满满的鞋子像余光中的诗句:"鞋阵把玄关泊成威尼斯。"

那些年,每个人的身外物不多,不黏滞,不啰唆,清简得足以说搬就搬,不择地可将就一睡。朋友都不来的夜晚,可以说说心事,当然是 T 说，怡然说他计划再几年搬回南部，年迈父母赞助他的预售屋也盖好了，住处兼做类似跑单帮生意的工作室，不再做台北人了，有空上来玩玩看看就是。兴建中的住家是重划区，一旁有大湖公园有美术馆，新辟道路宽大笔直，就此结婚养个孩子安定下来也很好。

在那西晒敞阳的客厅说着未来的可能与梦想，扎实而不虚幻。但秋冬之际，房东突然说抱歉得收回房子。T 很快找到一户高楼中古国宅，狭长阴潮，太阳永远在一尺之外，感觉上室内量度只有上一住处的一半还少，压扁了，以前爱来斗闹热的朋友群也不见了一大半。风水所谓的聚气兴旺，宁可信其有。房子里仿佛有诸多陌生影子。我房间放张单人床也嫌挤，索性席地睡，窗子下望中庭贫瘠的绿意，开窗则湿气泛滥近来，有电话来，我任由它响，转进录音机，同事叫两声我的名字，无奈的挂了电话，我一丝窃喜他好像淹没人海。

我们还不到浮花浪蕊都尽的时候，即便说它也是矫情。在同一屋宅里，T 与我的交集来到只有深夜的睡眠到天亮匆匆赶去上班打卡，偶尔我立在他房门口交谈几句必要的话，彼此生涩了起来。我们似乎都处于外张内弛的疲累状态，然而自恃正当盛年，我们都不喜欢抱怨，也不爱戏剧化，既是自己拣择的即便不爱甚至憎恶，那就承担到可以再有拣择的时候吧。总觉未来的日子还很长，可以预见几年后，T 告别台北，开始新的旧生活。

H 从中美洲回来，热烈告诉我们那里的艳阳海滩与赌场，人们热情天真，好像他家乡的海岸，所以没有必要再回去。走得愈远，离开得愈久，我们才愿意承认地球的岛屿何其多。聚谈到深夜，如

同回到以前

那冬天，寒流特别多。H与我冒着霏霏夜雨穿过老旧阴森的廊道进到医院偏僻区域去探望T，庭院的植物茂盛，叶尖滴着冷雨如同传递秘语，他虽戴着氧气罩，有些苍白虚弱，看起来并无大恙，跟善于驱动正面能量以笑语鼓舞人的H很有默契的互开玩笑。我们愚勇认为太阳出来、天暖热了，一切就好了，死亡不过是鸢鸟突来檐头栖息一宿，怪叫两声。

快二十年了，我始终不能理解T的死亡，臆测无用，那阻挡了诠释的路径。死亡是终结点，通往它的途径纷歧。卡夫卡写过一小故事，一人有两个对手，其一从后面、从源头驱迫他，其二挡住了他前面的道路。在对打的过程，升华或者坠败，或者基于可说不可说的原因半途放弃。可以这样解释吗？

T在五月猝逝前给我打了最后一通电话，自觉有责任问我那租赁的公宅怎样处理。插管的影响，他的声音粗哑难听，像是另一个人。

搬离那不祥屋子的最后几晚，我一人在那扁狭潮湿的空间，夜不成眠，我开了所有的灯，到处是蛀空的阴影。T死后两年，从来不梦的H梦见他来话别，H兴奋说两人讲了好多，但一醒全部忘光。忘得好。其后，我辗转搬家几次，最后还保留T的濒临解体的电熨斗，一小张写着某个人电话号码的纸片，愈想丢弃愈是犹豫留下。再数年后，我才能偶在枯索暗中背诵给他听并问，这正是你的心声，你会喜欢吧？

"人睡到不知道时候的时候，就会有影来告别，说出那些话——

有我所不乐意的在天堂里,我不愿去;有我所不乐意的在地狱里,我不愿去;有我所不乐意的在你们将来的黄金世界里,我不愿去。然而你就是我所不乐意的。朋友,我不想跟随你了,我不愿住。我不愿意!"

拙劣的伤逝

我们在机场租了车,直接开往西礁岛(Key West),如同朝太阳射去的箭。

日头下的大海苍茫,海平线触手可及,海上的青天白云,也是弹指可破,两者强光相互欺凌,形成一种美丽的恐怖平衡。面对如此无边无际、单一的庞大一小时两小时后,自我被压挤得干扁,一张锡箔;万一海天变脸,抖进海里喂鱼吧。满好的绝局。新旧的七哩桥仿佛奇门遁甲的两条通天绳索,汪洋上扯得笔直,车行其上就像摄影机在轨道上前进,镜头却往后缩,整个人给青天碧海魇住。许多年后那魔力还有余威催生这样的梦境,我立在伸进稠胶海中的断桥上,鲸豚绕着我洄游,轻盈跳跃到半空。

经纬度不同,但相同的天气,星期天的南下火车满座,自愿站票的一大半是外籍移工,年轻男子多有加穿一件长袖衬衫,时髦还是防晒?难得有一个空位,台人男子比了下手势,问一袭粉色衣裙罩着全身盖头如从一千零一夜走出来的穆斯林女子,要坐吗?她谦抑回绝,"等一下有人。""有人再起来就好啦。"男子笑着落坐,才几分钟后,座位果然被讨回。穆斯林女子矜持,双眼垂视,她比台人更了解周日的火车生态。

我转区间车到高铁站与六位老同学也是室友会合,再转接驳公交车去主办聚会的老同学家,连栋透天厝正对着小学操场,围墙内几棵两公尺高的面包树,落果拣来煮汤,清甜,种子咬开食那种仁几分像水煮花生。

老同学兼室友相聚,谈忆的理所当然全是旧人旧事,我们伸入以前的水潭,泥沙与落叶沉埋,游鱼与泥鳅吐着气泡。像照镜子,我看见他们的椒盐般发色、鬓边手臂上的黑斑,脑中自有一片镜面,叫出他们十八二十岁的参照图像,那是年龄的馈赠,毕竟都是相对安稳的教职,进入后中年都有种怡然放松。

纱门纱窗的两层楼老宿舍,天花板没有电扇遑论冷气机,贯彻了"无用之用方为大用"的古老理论,为供给群体最大量的空间运用,所以不隔间不给隐私,公用浴厕,仿军事化管理,双层木床铺,一人配给一方木橱一张桌,一双层小书柜,脸盆放床下,毛巾挂床前,考验彼此的包容度。那也是经济起飞的年代,形同剥夺自由的宿舍少有人能够忍受,月租费两百元成了最大的诱因。

仿佛骑楼的走廊,磨石子地与栏杆,白天是清凉地,夜深人静时,亮着黄灯泡,远望有如煞戏后的戏台。能够记得的实在不多,工友兼舍监老蒋的住处一如日后的哈利波特就在楼梯下,墙壁上是各室的电源开关与锁匙,我们是那年纪的无心肝视他如隐形人,只在准时熄灯一暗时喊他一声以示抗议。

记得的都是无意义的琐碎。窗台下拉着一条铁丝,挂满了一位日后服役时车祸死亡的学长的黄色袜子，因为节俭加上神秘的心理因素，他只穿黄袜子，积满一脸盆一次清洗。早上太阳晒进纱窗来，光里汹涌着丝絮与微尘，操场PU砖红色跑道有人晨跑，堤防外的醉梦溪来年台风暴涨将带走强行走上道南桥的两条年轻人命，呜呼哀哉。寒流时，我们在昏暗中聒噪着弄一个烧炭火炉，幸好还有起码常识，门窗不能紧闭，否则翌日一屋子全中毒死。是的，我们在熄灯后呱呱地清醒起来，万千年前的穴居人，嘴巴喊饿，手持钢杯泡面，心里想望另一具肉体。某日，兼差卖书的学长丢来一本照相排版的古本《肉蒲团》，木刻楷体字，那才是魔法奇书，召唤出每人心中的未央生夜夜蠕动，在那以矜持压抑而自持的年岁。一学年后，像未央生的顿悟因空见色而自宫，奇书消失，烦恼灯灭。又二年，寒假结束，我进宿舍，发现靠墙多了一架书排得嵯峨，其中一套上下两册《今生今世》，我抽出翻阅，扉页是作者亲笔题赠，天地空白处多是那才被定罪"为匪宣传"遭驱逐出境的才子的飞舞眉批，哼哼不屑，讥评赠书人。我就着暮色很快一一看完，有些雪夜读禁书的刺激，未免迂腐地想，真是人心险恶啊。

　　同代人不同条命，逻辑甚为简明，这虽是我浅陋的演绎，然我始终抗拒又疑惑那潜意识是恋慕幼态的彼得潘症候群的年级说。无需阿甘本之文"何为同时代？"那样高亢的陈义，我们不过是各自选择各自的道路，不管有多少的热爱或盲目，为永恒的时间与生物时钟的大力驱赶上路，因此我们对那些纯是意外而过早停止的生命耿耿于怀，他们绝非那种狂乱痛苦的异质灵魂，所以我们不仅是物伤其类，更多的是疑惧他们未及行走就被死亡的野草覆盖的道路，会不会是另一种可能？同是庸众，多年后终将证实，有没有另一条出路并无无谓。

后中年、日渐往死亡明显位移的我们相聚，如同往昔吃喝一场，笑语一场，谈及几位早死的同代人，连伤感都不必了，竟然像吃蛋糕刮去最上一层的奶油花饰。

让他们遁逃梦里去吧，一如伸进大海的断桥，洄游四周且轻盈跳跃的鲸豚。

以前的宿舍早已尸骨无存，确切时间是上世纪的八十年代末；隔着大片老蒋龟背蹲着总是整理得非常整洁的草坪与七里香矮篱，我偶尔发呆怔看对面自强一舍的窗户大开，响着流行乐，暂借的空间，物质壅塞，一二人仅着内裤痞痞地晃荡，躯体有如豚身毫无皱折；"如何让你遇见我在我最美丽的时候"，女生则努力传诵这诗句。漫漶雨季，我迟归，远远看着黄灯泡浸染的走廊，散戏的舞台。整个校园在夜雨里像种子在发芽的花床，唱过了清新却一样软绵绵的民歌，也听过了掺了大量化学色素般的迪斯科，更看了好莱坞电影《超人》《星球大战》，那观看意义不啻朝圣帝国。湿气黏人可憎，我确实知道自己无可救药的贫乏与彷徨，只有继续无耻地以为青春可贾，继续贫乏与彷徨，无视外面世界海阔水深。所幸彼时尚无人渣鲁蛇之词。

也是贫薄心理的投射吧，那位我们背后称为老张的侨生学长，据说服完兵役落脚南方却随即意外暴毙，我在梦中的昏黄宿舍走廊迎面见到他，擦身，他潇洒又愉快地快步下楼。纵浪大化，果然逍遥。

桃园中坜是外劳移工下车的大站，月台边堆放着一丘生锈得黄褐的铁轨，任由日晒雨淋，我迎视旺盛的紫外线看着，是待用是被遗忘？还是报废的劣材？还是再无所用的剩余？日光酷烈，审判法庭该有的精神，我觉得那生锈铁轨是适用任--同代人的隐喻。

非公寓导游

多年以后，我才了解贩厝与公寓的差别。

我才能够对加斯东·巴什拉无异议，"是在空间之中，我们才找到了经过很长时间凝结下来的绵延所形成的美丽化石。"（《空间的诗学》）

我记忆仍鲜明存着十到十三岁这两者的住家印象，其中一处位于台北市松江路、民权东、新生北、民生东路的象限里，一排连栋两层楼住家，纵深，两房一厅一厨一浴厕，巷底有奄奄一息的大小水塘两处，长着布袋莲姑婆芋，还好彼时塑料袋尚未泛滥，望远是隐约的芜旷的地平线；但台风大雨时，马桶泛滥出粪水，可见地势之低。第一次石油危机还要再等三四年，不知为甚么，我家对面一排连栋二楼空屋，几乎盖好了只剩收尾，黄昏暮色因此格外浓重，压得人心沉沉，入夜整条巷子也格外安静暗沉号像宵禁，盲人按摩的笛音在几条巷子外清楚传来，凄恻钻心，那与面茶推车的沸水蒸气噓出的叫声总是让我有寒冷与旷野之感，我心思跟着笛音在巷弄摸索，一盏路灯叮叮吸引夜虫撞头。附近的建筑工地也多，我曾经日光里用版模搭建了一个洞穴，窝一下便觉好荒凉。跟着邻居童伴入侵空屋里，没发现尸体或匪谍，也没找到现钞珠宝，仰看仿水晶吊灯的装饰坠子简直就是邵氏武侠片的飞镖，不拿不行，登上二楼，屋背后的窗只有框架未曾安装玻璃。一个热天下午，巷口空屋红门前站着一个穿白袍戴墨镜的女子，我想她一定是夜里吹笛的按摩人了，但她像陷在时空的流沙，我悲悯心大作，几乎每半小时特意走过她面前，希望她出声要我帮忙。她倔强的杵着，一脸木然，偶尔一只手扶着洗石子门柱，多年后令我怀疑是否我想象的幻影，是她让时间成了盐柱。幻影之二，一次父亲醉酒，躺浴缸里泡澡睡着了，我与弟弟撞见了，我讶怯又克制不住的好奇，日后读到创世纪喝葡萄酒喝醉了脱光衣服的诺亚，眼前生出像是绣像小说的插图。

确实要多年之后，YouTube 上看见一九七七年邓丽君廿四岁的电视片段，她步出松山机场坐进轿车行驶敦化南北路，配乐是她的歌声"这是个好地方"，行道树两旁大楼好优雅摩登。随着连结再往前追，一九五九年的香港电影《空中小姐》，44 分钟开始，松山机场前身台北航空站出现，之后几个镜头串连复旦桥（？）、"总统府"、中山桥、圆山大饭店，虽然心知影视去芜存菁的美化功效，还是惊异那时的屋舍俨然，城市秀丽，疑惑起来那是个什么地方？我一直以为德·西卡电影《偷自行车的人》里高耸单调的集合住宅，其旁废土砖石乱倒的空地，天地荒荒，那才更贴近我与台北市的最初印象。宋存寿导演的《窗外》，大学联考落榜的林青霞走去与老师康南幽会的路上一幕是左证。

无声胜有声，《水城台北》一书，舒国治以其惊人的细节记忆力与方位感重现台北城前身，我凭借它脚脑并用，漫行城中，既是无业游民，更像文疯子，毫无志气的没有任何企图心，而屡屡让我暂停脚步——舒国治如是揶揄台北人，"只有伫足，没有去处"——细看再细看的就是老公寓，广义而言，都是那快被我用烂了的脱农入商、脱乡入城时期留下的老贩厝。

法国佬加斯东·巴什拉的逻辑，家宅的空间激发了诗歌，启动了梦想与存在的幸福甘味。存而不论吧。以新闻记者的角度切入，道格·桑德斯的著作《落脚城市》才是一副内视镜，精准的让我们参照并稍可窥见大台北之成为移居城市的脉络因果。整本《水城台北》则是极好的旧公寓地图，恍然如昨的照片辅证，建于六十年代中期，作为台北市高楼层、大坪数电梯大楼的先驱，如今依然在忠孝东路两岸的幸福大厦、共和大厦，果真是命名的反讽吗，我私心祈祷共和能逃过建商的魔掌，最好列入文化资产存留，至于幸福，请路过者看一眼它右栋二楼黑色玻璃窗上贴的大红字。再看，不得不默认我们的首都就是如此一大半陷在某种结构性的僵局，无解无出路，一如我小时候怜悯过的那位按摩女。

确实，家宅，每个人最初的宇宙，或许更是对外面世界对远方想望的起点，若可以选择，无须犹豫，我会选择彰化北斗早已尸骨无存的旧厝，从零岁到十岁，我完整嵌合在那里，年年长夏，南风大作的上午，我爬上每片叶子背面都给吹翻了的番石榴树的枝干弯窝处，春水船如天上坐那样逍遥，加斯东·巴什拉果然是对的，出生处的家宅印刻在我们心中。我自认并非耽溺怀旧，然而移居城市的贩厝、公寓，为什么总是阴晦压抑的所在？民权东路空屋巷住家，我记得一个着工作服的魁梧男人进屋，电话公司的人，用一块扬着酒精味的巾子利落擦亮了整具黑色电话，他甚至拆卸了话筒。即使伊通街，我立在斜坡楼梯二楼，上看尽头一扇白门，下看一级一级走入有光的所在，路边植着尤加力树，多年后习得个人主义一词，我便想到那道楼梯。

走忠孝东或金山南路时，我习惯弯进临沂街，只为看看八号那栋屋前五棵椰子树有三棵与六层楼齐高的楼房，口字回廊，细铁条水平栏杆，三个波状的白色突檐。经过科技大楼捷运站，我爱绕走麦当劳旁的311巷34弄，曾经一堵无用矮墙几年前终于打掉了，垂垂老矣的贩厝公寓，屋主以加挂盆栽绿化之琳琅之挽救其颓势，毕竟不如建中东侧泉州街五巷九巷口的如海浪绿荫。趸来探看最近盆栽可有花开，也是"只有伫足，没有去处"的一脚注。

老贩厝公寓凡四楼五楼七楼，楼梯间立面凸出是一大特点，早期饰以垂直瓷砖柱条，柱条间是玻璃窗，或洞开牛眼窗，后期偷懒了，废去装饰元素，就是一面磁砖墙，稍肯用心的贴出一对云头。如此一条巷弄分列两旁，各营家宅生活，日头月亮在上面。

两个月前，我住处楼下开始拆墙整修，大事装潢，完工后，铁窗里一屋轻暧淡黄的光亮，对应那古老谚语，火炉边的温暖会融化（男）人的雄心壮志，一二楼的楼梯间也顺便重新粉刷，我走上楼，看一眼防盗防冲锋枪达姆弹的厚重新大门，门边墙角一只遛狗时用的狗屎杓子，阶梯上却摆放一双桃红色运动鞋。

楼顶的野草

　　每三四个月，发懒时可以拖至半年，我必得上公寓屋顶拔野草。

　　屋龄超过三十年的集合住宅，长条形地基面东面西各是十一米与八米宽道路，两年前地下室抽水马达故障，水漫溢到脚踝，死水成了孑孓的培养皿，剪刀式梯阶看下去有水光。没有住户委员会形同无政府状态，大家躲在家门后等待热血者跳出来，等到的是环保局来大门口贴告示，我们既违反环境卫生，也触犯法规，设定有防空功能的地下室却沦为储藏室，限期清理否则罚款。国字脸的胖里长先前会同市府人员来勘查，卷起裤管打赤脚下去探究竟，喊，发臭啦。一个上午，三十几户来了不到六成，仿佛部落时代就在大门口的凹地商议，凹地一边堆栈了一人高的生锈铁栅栏，是某住户鸭霸占用，因是私地，除非所有住户联合诉诸法律，否则公权力不介入，难怪出席者藉此摆臭脸。狭长地下室，两边楼梯都是出入口，结论达成，故障的抽水马达属于面西的住户，清运堆积的物什则东西向各自负责。若干人共有的私产出了小问题其实容易解决。我立在外围，眼光向上，户户老旧铁窗，更有补贴塑料板，我再不会联想那活色生香的片名《公寓春光》，下意识更常想起的是费里尼《爱情神话》

一景，爱奴跟友人离去，地震随即摧毁有着夜蓝天窗的夯土九层穴居。改变无望就毁了它。

积水抽干后，我好奇下地下室看看，一如墓室。也是两年前，楼顶东面沿女儿墙放任了十几年的大片茅草突然清理掉了，最茂盛的时候，高至人头，伏弯好像浪潮，我乱想那好适合猫鼠野鸟窝栖且繁殖，窗外最常看见听到的飞禽就是斑鸠；但长长的夏秋烈阳烤晒后，茅草曝白偃倒了，要引火也很容易。两者都让我想起小时后乡镇的墓埔。

我服膺那句机智语，"大自然不只是复杂，他比我们理解的还更复杂。"凡是我们不能辨识、叫出名字的自然生灵，以"野"泛称就安全过关了，野草野花野鸟野兽。我无法放任楼顶成为野地，那焦虑转而一再侵入梦中，一整面屋墙朽烂了，墙脚烂穿，污水流泄，最严重时几成水瀑。现实的楼顶边缘，靠女儿墙有一条小排水沟，一长条区域的一块块方砖经过二十几年的日晒雨淋，松脆开裂，淤积落尘，遂是野草生养的隙缝。我曾买来水泥砂填补，两三年后，野草以柔克刚成功穿透。

我丝毫不敢鄙视野草，放眼四周一片水泥楼丛，他们的种子究竟从何而来？最近的福州山至少距离一千公尺，中埔山与蟾蜍山更远了，但植物的强悍与美丽，搭配毛絮轻如精灵，凭借风力飞落四层楼顶，尽管繁殖的条件贫瘠，楼顶等同荒漠戈壁，落地也只能认了，那就动员生命力的顽强来适应吧。方砖间缝不过一指宽，原先的水泥风化消失，对于细小的种子无异是沟壑吧，耐旱，耐晒，耐心等待不定期的雨水或偶尔的露水，于无所有的隙缝将草根深深探伸去。原谅我不等他们开花，不论是茅草牛筋草还是狼尾草，我一把握住草茎，一扭，使力希望连根拔起，非常吃惊他们的韧性，仿佛底下有另一个人在与我拔河。我期待那人突然一松手，让我仰跌，一屁股蹾地。不能根除的失败率十有三四，那一丛茎根如盘石。鬼针草、含羞草虽然容易拔起，我翻起方砖，带须的细根缠绵交织一团一如星云，夹带泥沙包覆着砖下的保丽龙板子。不像鬼针草的枯索，含羞草羽状复叶的绿色深沉，是凝敛有层次的绿。

看似更容易清除的是鸭拓草，根浅，轻易蔓延一大片，肥厚多汁的小叶似乎透光，友人告诉我他们庇荫降温的功能，是隔热的好植物。偶尔出现一种多肉植物，我查了许久才知是泛称棒叶不死鸟或落地生根的一种，整株如伞是沧桑的暗紫色，然触感滑润，一抓便起，有如浮根，难怪得名如此。

拔草的好时机两极化，落单独活的，若熬不过长期日晒，干枯了只剩茎架，我顶着大太阳很快集拢一堆；大雨过后方砖间缝的土砂松软，我是趁草之危，想必他们正在大口喝水，全身舒活也软弱的时候，我却是愈拔愈多的错觉。以前我不好意思倒入厨余桶，分几次背包背着上福州山掩埋，自以为让植物身驱养分化归山林，也就算不得谋杀。

是的，植物身躯而不是尸身，我不过以人族的优势手段驱逐他们，装进大塑料袋，甸甸一包，混着呛鼻的草腥与土味。我知道短则两三个月后就得重来一遍，一如轮回，野草不死，不能除尽，不会断根,他们会再次乘风回来这片荒漠,再次为存活为繁衍展开一场长期、细密而艰辛的意志大秀。野草与我的这一场亘久的拔河,输家注定是我。起身时,我袜子、衣裤、棉布手套总有好多鬼针草的黑色倒钩刺,我拔起闻闻那依稀的曝香,植物为延续其族类的应变招数真是绝妙,打不过,就加入对方,让对方带他们的后代走远。

我东南西北转一圈,庆幸都更计划在一千公尺圆周内迄今无一成功,没有新建的高楼,所以不遮挡日照,老公寓继续无风格无美貌下去,继续铁窗雨棚加挂并锈蚀下去,菜市场继续例行喷药消毒后,逼出蟑螂在柏油路上昏聩爬行,给人车踩辗得哔哔啵啵。

雨后的夜晚开始得早,眼前百户千家亮灯的不多,捷运列车明亮的以低频音游过,天空比地面敞亮,夜暗如糖蜜浸润,无须期待头顶有星光,城市的光害不允许。

中元节,我听从朋友劝告拜拜地基主,很简单,买一盒鸡腿便当,与两样水果,摆两副碗筷与茶杯,供在客厅茶几上,朝向厨房。我自觉难为情,回避到卧房,流火七月的中午,阴阳分明,我静静的流汗并且等待时间过去。是夜,我梦见一个蹒跚学步似的小孩来我床前,拍一下我的脚便转身离去。我嘲笑自己潜意识催生如此异梦,是地基主来告诉我收取了供品。

走在小京都

当我写出"走在中正路",稍有警觉者一定问哪里的中正路?现已改名台湾大道,整合了中正路与台中港路的路段标示着这城市的轴心变迁,舍旧取新是法则,立在街头,我再一次感受时间大神的法力,滚动那确实像是巨轮之物轰轰前去,该带走的绝不手软,留下的懒厌回看。至少二十年前,母亲一位常从彰化来逛街买衣服购物的表妹就以女性直觉惊叹,"市区怎么虚微了,看着好伤心啊。"日后看寿岳彰子写京都,年年岁时节庆必定行礼如仪去诸家固定老店买一样的吃用,尝新换新里温习旧情意,我好似看到这位阿姨的影子。她的购物地图必然包括那家几次报载它大肠菌过量丑闻的老饼店的三明治吧。

我则是每次经过昔日中正路与五权路口,总要多看一眼十字路心已经不在的粗陋圆环,像召魂像自虐,中学那两年的通车生涯,公交车弯过彼处,温热却苍黄的落日与烟尘大浪般打在车窗玻璃,窗外即是莽莽苍苍的远方,有我喜欢极了的许达然及其东海大学,公交车噗噗前行随即就是白雪大舞厅,金光闪耀的招牌,是殷实朴实民风后另一个地下世界吧。一九七〇年代初,我随父母移居这城市的第一个住址，五权路五百巷六弄，我心中嘲笑，真夸张，车辆不多的大路不铺满柏油，两旁各留宽幅是碎石路偶或植有覆荫少许的榕树，我不时想着，何时才能离开有如荒漠的这里？即使长夏学校四周的凤凰花盛开如大雪如火山熔浆，日据时代的市役所我假想是希腊神殿，市府路口的中央书局我几乎天天放学后上二楼去看霸王书。十年后，那些热情美丽的凤凰木开始一一遭砍除。

至今我不解，父亲临终前，我们抓紧时间问他，（骨灰）要放哪里？故乡老家？眼神已经涣散的他摇头，台中？他大大点头。我能找到的合理解释，这是他终其一生住过、生活过最久，想必也是最喜爱的所在。日久他乡胜故乡。或者，出生地是他不能选择的，居住地则是他通盘考虑后的意愿。就像我始终对这城市近乎疏离的漠然，我在此完毕多彷徨爱怨怼的青春期，好欣奋地离开，从此对之始终是个事事不沾身的旁观者。

因此，当我刻意离开台湾大道，走进无人车的成功路，穿过中华路，不想发出黄金事物难久留、市面虚微的喟叹，记忆闪电带出多年前曾经脚踏车路过，被油米店的丰富芳香所惑的经验，那极可能是春节年假，满街金红喧闹的春联挂饰，货物满溢，音乐噪音大作，戏院的油彩广告牌杀伐着，头顶上天青白云，清明上河图的街坊生活其实从未封死在古画上。重回大道，我发现路边一块钢板类似蚀刻却黑墨剥落的台中市简短身世，写明曾经的殖民统治者有着不小的企图，以绿川柳川比附鸭川高濑川，要将此城建成小京都。

绝无犬儒的意思，看着立牌，我想这简直是房地产预售屋广告的祖师爷。

我对绿川的最早记忆是十岁前随母亲返雾峰娘家途中，看着桥头大太阳下小贩卖颜色鲜丽的气球与充气玩偶浮在半空。柳川则是高中好友的父母在川边一排帐篷般店面里卖军用品，一走入就淹进货物里，只觉那河川脏臭极了，打死不信会有春夏垂柳清拂水面的美景。

大至城邦，小至器物，亲眼见过其美好，自然涌生不让"只发生一次"的意念，据说京都建立当年，主政者不就是心怀复制上国长安与洛阳的大梦。我尝想，台中火车站（我应该精确写，官定古迹的台中旧火车站，一如我父祖辈的用语是"车头"、"前驿后驿"）以西那大片老城区，就让它们安然老去，不必急着以都更之名行毁灭之事，密斯凡得罗"少即是多"确实是美德，繁荣与人潮退去，即使人口老化，何必说生命，生活其中的人自会找到另一条出路，让给植物与荒废吧，盆栽或野生的都好，最理想的是戒掉制造垃圾与乱贴挂招牌的坏习性。

我在九月底来到低矮山腰上的诗仙堂，小小和室的上方壁板是一幅幅狩野探幽所绘的唐宋诗家画像，草草看过，隐在庭园某处接流水而重坠击石发声以驱赶林兽的竹节"鹿威"，听久了很有催眠效果，果然一鲔鱼肚男子坐廊庑下瞌睡，很快坍塌在榻榻米打鼾，眼前层层叠叠可以洗心的绿意拿来当凉被盖，很快有游客去告状，工作人员前来摇醒他。如此完全风格化的美给破一破，未尝不好。实则我心神全留在上一站的曼殊院，收付拜观料的入口一抬头即见匾额"媚灶"二字，内里堂奥的深沉富丽，一层又一层回环衔扣，被环山大树滤过的风日在细石灰白地游移，千百年前与今日恍惚没有间隔，足以想象秋天遍山红叶令人屏息的绝美。友人与我郑重讨论过，修行者或创作者若能够在此寄居，究竟是好是坏？我自觉耽美太过也是恶习，难免会像蜜蜂溺于蜂蜜，还是谢绝吧。

人各有体，绿川柳川不可能是鸭川高濑川。当年为父亲做完法事，葬仪社人员交代我们将烧成纸灰的符箓丢入溪河，我就近选了麻园头溪，在夜里朝我委实不愿称之为河水但隐隐有漉漉声的灰黑液体掷下，心中讥疑，父亲怎会在那纸灰里。整治后平坦的水泥河床中间一条不到两公尺宽的水沟，除非台风豪雨后，何曾见过它是河川的模样？

只因父母的家还在台中，我回来、离开并没有什么意义。我愿意留存的记忆是高中时骑脚踏车去了东海大学，回返的下坡路飘飘然有如御风，两旁笔直路树是木麻黄还是相思树，暮色野烟浑成一股炊爨味道，车近五权路，同学指着左边一处说是妓女户，户外是有两三妇人，一人似乎在脸盆边折卫生纸。我该说"俱往矣"？而今沿着麻园头溪而行，绿漆栏杆一管管手臂粗，岸壁至少一个成人高，有一段栽植羊蹄甲，巷口一户人家围墙内一棵高大华茂的缅栀，花开时黄心白花落地成为仙境，但下个月再走过，三楼房屋敲成毛坯屋，不知是否屋主易人，那棵美丽的缅栀不见了。

最后

　　那年八月初，我们将在加护病房才待了一个小时便停止心跳呼吸的祖母送回老家，已经子时了。祖母一个孙媳妇家中从事葬仪社，因此初步作业高效率地安排妥了。停灵在二叔家，小巷一排连栋二楼住宅，黑夜中，我试图以那自我幼时始终存在的土地公庙、一户极眼熟日本时代留下的鱼鳞板壁屋，辨识故乡小镇的方位，我判断二叔家以前是东北角的一大片田园，心神如流萤沿着拓宽的大路直行，右转会有一条曾是刺竹老树交拱成鬱荫隧道般的泥土路，接贯穿小镇东西向的大街柏油路，再左转是我就读过三年的小学。那大街到此一侧栽植油加利树，我早上上学途中常见死猫挂树头，新死的猫狞裂着嘴牙，路基下田里偶尔菖蒲花盛开，尽管明白这种习俗本意是在超度，我还是惊惧猫身挂坠的痛。

　　那年六月底，出于防范未然的危机感，我到家乡邻镇一家座落农田边的赡养中心看祖母，告诉她我要离台两个月，上了九十岁的她听觉神经退化大半，常常像电线接触不良或锈逗，她自己更懊恼，皱眉说："听无。"一个月后，我腰斩远行计划回台，修补过时差，处理完杂事，准备一早出发南下再去看她，三姑来电话，祖母昨晚感冒并发肺炎被送进医院。我中午到医院，她苦于驼背而侧躺，戴着氧气罩，我握着她低温的手，低头看她眼神涣散，勉强张开时，似乎那眼中堂奥正在拆除，我无法不想，她的大限到了，心肺分分秒秒衰竭着。医院外的闹街市招与汽机车在烈阳里乱糟糟，热浪螫人，我打了几通电话通知母亲姑妈，不必解释的意思是，把握时间来见最后一面吧。

七八岁，我第一次看见躺在棺木里的死人，祖母在大街开业执医的四兄过世，我跟随她去那于今想来是小镇的豪宅吊唁，生前的四舅公我毫无印象，棺椁罩着一层细目纱障，我仔细看他白粉腮红化妆得像戏台上的生旦，穿长袍马褂，头戴的也像是戏里的官帽。我想，彼时的祖母一定赞叹，真婿。我并不害怕，有耳无嘴的传统训诫下，幼时的我只是疑惑为什么要为死去的人如此妆扮？

一生耽美的祖母二十年前就缝制妥自己的寿衣，一件紫红长衫，避讳婉称为老嫁妆。葬仪社的两个男子执意要给她穿上他们备来的仿佛凤仙装的寿衣，大概唯恐祖母不穿，他们不能报账收钱。我一下怒火上来，与他们争执，两人就是不让，我叫了叔叔姑姑来，竟然折衷结果是让祖母两件都穿。帮祖母穿长裙时，两人有默契地抬高她下半身，像是荡秋千的腾空一跃。我突然觉得是一出黑色喜剧的桥段。她双手且戴上白手套，我骇异这又是什么习俗？我废然作罢，数日后火化，一切都将没了。昨天就医时取出了全口假牙，现在也装不回去，脸的下半部内缩变形。老人死亡的必然结果。死亡与老病能将亲人、挚爱的人甚且仇恨的人扭曲、戏剧化到什么地步？我听过有人说起他久病失去诸多官能的老父，抗拒说，那不是我爸爸。

次日，祖母躺在冰柜里，我不时探看，总有一丝荒诞的陌生，盛暑的这一柜清凉，整整九十五岁的你等待很久吧。

之前大约四五年，女性更易骨质疏松，她开始佝偻，脊椎大幅度弯曲，走路必须摸墙扶壁。我去基隆三叔家看她，离去时，她俯撑在三楼窗台紧盯着我目送，我走下坡梯，抬头与她挥手，两次，三次。虽然我不喜这样的戏剧化。当她轮流在中部北部三个儿子住家居住，我感受得出她的尴尬与不适，一次我返家，她坐在客厅，那畏缩、不自在的眼神当然只有丧家之犬可比拟。父亲是她最疼爱的长子，却也最爱违逆赌气她，却比她早死七年，我们不得不编造许多谎言欺瞒她。她一直体魄强健，参照她的娘家亲族，那种拥有长寿基因般的强韧体质令我忧喜各半。我后来迟钝觉悟，不该欺瞒她父亲癌死的真相。

也是需要许多年我才了解，出生于民国初、也是大正年代初的祖母，根深柢固的重男轻女，她寄托丈夫、后生儿子为光源与颜彩，以之为自己一生着色。我们的年龄与世代原就是两条悖反的曲线，愈是理解，我愈是远离她，她得荫她祖上及父母的大家族瓜瓞绵绵的理想世间，于我无异是乌托邦，某种防卫心理，我只能冷眼写入一己的小说世界。我更反逆她的姑息心思，譬如唯恐我吃苦、吃不胖、没睡饱。

她过世前三年多，膝盖跌碎必须坐轮椅，二叔送她到八卦山一家公立的养护中心，我得知匆忙赶去，庭园宽阔的敞阳庭园，草木齐整，却肆虐着凶猛的小黑蚊。室内甬道的栏杆绑缚着一个精障者，看见我经过，一团饭菜丢掷到我脚边。这样的赡养机构恒是遵守圆形监狱的建制，管理员为中心点，环绕各项功能的房间，餐厅兼起居室的电视吵响着，一律穿制服的老人与其说是老残更正确是精神病患。八个床位的昏暗房间，慢性病缠身或昏迷或不能下床的，她床边的立柜上最显眼的是一面圆镜，她每日晨起第一事，梳头抹粉。我坐在床沿，不知能说什么，只觉一直下沉一直下沉。她淡然抱怨，"我无悾无瘨，送我来这。"她并不掉泪哀求我带她离开。对面床位是一位持续哀调呻吟却无人理睬的病臭老妇，床尾名牌有她的名字，赖寝。

性情敦厚极了的二姑丈陪二姑来探看后，摇头评语，"你老母生三个后生，可比放一坨屎。"

拖延半年，或许我们的诘责与建议软硬兼施生效，或许她的儿子觉得给她的惩罚与泄恨够了，遂将她转到家乡邻镇一家私立赡养中心，境况好非常多。管理得宜，或许太过得宜了，仿效医院规定穿制服，不准配戴首饰，将老人最后一点自为的余裕也要剥夺。她两样都不从，最后是双方各退让一步。宿舍般的房间没有慢性或精障病患，西晒明亮，她两纸箱物件置放床边。下午的团康时间，卡拉OK的分贝刺耳，一圈轮椅老人像幼儿园儿童柴手柴脚做伸展操。看见我去，她钝浊的眼睛亮了一下。我觉得她在这里似乎彻底地放松了，轮流寄宿儿子家已经让她很厌倦了，心灵上觉得老家就近，偶尔会调笑院里的外佣。记忆碎片飞掠，她眼光如陷烟雾，告诉我看着田园想起她少女时家中的农场，旧厝墙围脚种有枸杞。始终，她不再提起祖父与我父亲，或许她认为很快会重聚。尽头在即，她也始终没有为难我，甚至不问我婚姻的事。

我看过的童书，自知死期将至的老象离群独自躲进洞穴，有如熄灯长眠。

我们对坐，意在言先，不可逆反的时间，我从父亲那里得到她与祖父的基因，而我看着他们夫妻俩的血肉之躯毁坏，生命似快速又迂缓地往终点推进。这是必然的过程。

她过身一年后，我在父母家中打开橱柜，看见她的一口箱子，我拉下，打开，空的，扑鼻都是她的粉香与衣服的气味，我呆立着，内心汹涌，眼前浮现已经不存在的家乡、不存在的旧厝，我野荡一下午回到家，门口埕黄澄澄西照日，暑气饱胀，整个旧厝静定，我看不到她。我绕到厝后，穿过灶脚，经过她放着剪刀布料的裁缝机，屋梁乌暗，壁虎达达叫着，曾祖父母模糊似漫漶的遗照在壁上。永远的一天。永远。

当祖母终于躺在冰柜里，头七前某日，她喜欢与她憎厌的媳妇们，拿着她几样贴身金饰商量着，趁金价在高点就卖了做丧葬费用。我想，世事本就如此。黄金一卖泯恩仇。我走出临时搭建来做法事的棚架外，眯眼看这叫做家乡的今时地貌，盛暑炽阳下悬浮粒子仿佛日暖生烟，非常陌生。

《百年孤独》的吉普赛人梅尔魁德斯，老年定居马康多，爱取出又装上全口假牙戏弄人。非常难得的一次梦见祖母，她笑着回答我，她在那边很好,我惊觉她竟然满口金牙。

虽然,我必得随俗说,她在我心里血液里,永远。

至亲的一生,始于激情,终于荒谬。

宝变为石

"一个地方有亲人埋骨，才算是家乡。"这是马尔克斯写在《百年孤独》的句子，飘洋过海到了充满迁徙与流寓人口的台湾，成为移民族群的一个通关密码。我好奇过，死去三年的马尔克斯埋骨在哪里？是否与我父亲一样，拒绝埋葬在故乡？狭义的故乡，起码是自己出生成长之地，愈是偏陬乡镇才愈符合乡愁的规格，也才愈能散发"童年幸福题材之本源"的灵光。

世事多变化，客观的事实、我个人主观的感情早就一起颠覆了马尔克斯此一名句，即使有亲人埋骨，家乡已经不是旧有的家乡——自有另一个我跳出来驳斥，别做痴人了，不然呢，为你一人之私原封保存？

七年前我祖母过身，告别式后送往南投火化，等候时高处远眺浊水溪，呈现枯疲的老态。去程回程取道祖父母总以"大街"称之的小镇主街，往东延伸进入"山里"南投的宽敞柏油路，车速追不上流逝的时间，我不眨眼捕捉车窗流景，拓在记忆底层的影像浮现。我在螺青小学读到三年级，新生报到第二天便独自走路去（彼时谣言，千万别吃拍你肩头的陌生人给的糖），经过龙口粉丝工厂与自来水厂，大概是大叶桉的路树常常死猫草绳串冥纸挂树头，路基下的田里唐菖蒲在朝阳里盛开。通往北斗镇东光里斗中路34号的老家旧厝的小巷唰地扫过我视域。我们转个大弯驶往墓地，去看看当年土葬的祖父骨骸放在那里的纳骨塔。我当然记得四十多年前傍着北斗溪的墓埔，清明培墓是好热闹有意思的大事，挽谢篮，带柴刀，高高低低错落的坟堆，都有"皇天、后土"石碑守护，天清地旷，我到处游逛辨识墓碑上不同的堂号，左下角镌刻几大房的子孙。最低下潦草的角落总是那些夭折孩童小小的坟，碑上刻字风化模糊。最后祖母一定是去她父母的堂皇大坟，娘家亲族人丁兴旺，坐在坟前围拱的矮垣上谈笑，祖母一一叫他们的名字，于我则是一个个不同的亲属名词。凉风越溪吹来，没有凄怆，没有悲凉，仿佛光阴贯穿阴阳两界，两边却又如此俨然。好素朴好健康的对死事亡者的情感教育。

  转去墓埔的大弯处曾经是旧戏园，戏园前狭长空地有脚踏车棚与一废弃的防空壕，长长黄昏我立在那里如在高坡，看歌仔戏的生旦犹是戏台上妆容却内衣裤柴屐蹲着，捧着大碗吃点心，也看黄土空地来了卖膏药的表演老背少，唢呐吹起来，我听了心慌，赶快跑回家。

  从出生到盛年完整经历过日本时代的祖父母，心中自有一幅他们经历过的北斗街全盛版图，在谢瑞隆编着的《北斗乡土志》，写明了昭和初期进行行政区域调整，南彰化诸多乡镇隶属北斗街，"来往旅客络绎不绝，因此街内不少颇具规模的旅馆……多集中于妈祖庙附近，此乃当时最热闹繁荣的精华地带，来往的旅客包括南北各地的商人与游走中南部的戏班、卖膏药团,以及从苗栗、大甲、北港等处来的牛贩,还有来自鹿港、草港等第的鸭仔贩等等。除了旅社外,街内娱乐场所与酒家林立。"令人扼腕、未曾实现的美梦是昭和十七年,总督府"有意打造北斗街成为一大规模之都会,当时的都市计划蓝图,共规划了八处公园预定地,市区绵亘多条三十米宽的公园绿道,并有多条二十米宽的都市计划道路。"小镇错过了历史的机运,有如满载金银宝物的沉船。我曾听大姑口述祖父的少年事,彼时会吹奏黑管的他加入乐队(还是歌舞团?他不愿错过某一时代风潮的召唤?)去巡回演出——他究竟去了哪里?浪荡了多久?

即使十岁前的我水晶体毫无杂质,视力锐利,不管是大街或北斗街,在我看来如在一颗水晶球。以奠安宫为中心东西向横贯的斗苑路大街,西边界线是纵贯公路天主堂与卓综合医院有我母亲娘家,南边宫前街底某一年开了家溜冰场(其实是轮鞋),成了那冬天最时髦的娱乐;宫右朝北行,左转,是我看了许多邵氏电影与迪士尼《欢乐满人间》《石中剑》的远东戏院。我七八岁时,家人在光复路距离远东戏院一分钟脚程开了饼店,我遂得以将北边界线推到北斗小学(与童伴喂过铁笼中的可怜猴子)、北斗初中(沿着纵贯公路的围墙边一长条地沟,大雨后足以溺死孩童)。

就这样,不能更多,是我十岁离乡时记忆携带的地图,用新世代的言语,结界。严格说,一整条斗苑路与光复路,构成的倒丁字,从此悬挂我日益淡薄的乡愁。所谓的"空间诗学",个人于初始时空铭刻的感觉与印象,势必在其后的数十年不断熬炼,形成结晶。

但我愈来愈相信时间感则是年龄与速度成反比，我与祖父母共同生活的十年仿佛永生。斗中路 34 号的旧厝，那平凡的 L 型家宅，宽敞的门口埕与一长条后院养鸡种菜，大清早，祖母去捡了一铝盆来食菜叶的陆螺（蜗牛），柴刀剁剁，一盆的黏液腥气，喂鸡。门口埕墙围外是杂粮田，长夏偶有潮闷的夜晚，天空起炽燄，银灿闪电有如天顶猛兽悄声息地无张出爪牙。大雨过后，大水蚁据说从墓埔倾巢而出，一大群围绕着黄灯泡傻傻地撞得叮叮响，我捧着一盆水站上圆桌，让它们纷纷掉落淹死。三棵高大的龙眼树与芒果树仅遮荫少许的门口埕，上午有东照日，下午有西照日，祖母浆被单、曝棉被、曝菜头菜豆，家常的日头盛宴，一天又一天。

那日头照进我的潜意识，成为某种执迷，某种情意结。

我跟着祖父母走出巷口，走上斗苑路去祖母娘家西门林厝（这是另一个谜，不是说同姓不婚？）祖父一路逢人点头打招呼，祖母总取笑他像蚯蚓。他们不会告诉我镇民沿袭旧制称东门西门，是因为嘉庆年间创建街肆设有隘门之故。他们恐怕也不知道、不去追究，古早古早巴布萨平埔族东螺社是这里的原住民，总是镬气蒸腾的"宫口"食肆（我最要好的邻居童伴朝宗家便在其中一摊卖土豆）的妈祖庙奠安宫址就是购自当时的熟番。旧浊水溪、东螺溪喜怒无常，上溯深山下通鹿港，既带来繁荣也带来水患；乃至乙未割台，率军来征服抗日义军的北白川亲王曾下榻的豪宅梅亭即是远东戏院。所有的繁华兴盛、传说与神迹，都在我出生前完成，光环消退，彼时我眼中的大街，充裕地供给镇民乡人从摇篮到坟墓所需，我喜欢看日光阴影里米油粮行柴桶里堆尖了的白米土豆，闻着仿佛很古老的榨油香味，一架子漆得光亮的柴扆，然后，看见了棺材店，店里好几副斜倚墙壁等人躺进去。

旧戏园前，每天下午三四点来了卖肉圆的担子，油炸香令人流口水。有一次，我手指捏着的纸袋禁不起热油而破洞，两粒肉圆滚下路旁曝晒着的甘蔗皮，一阵绿头苍蝇嗡嗡飞起。我只是傻立呆看。中元醮渡的夜晚，祖父带我到宫口看"肉山"，白炽灯光里，一层一层桃红大红插着令旗的牲礼供品，人群中显眼的仍是那一头瘤疠似释迦的乞丐兼流浪汉。类似的精障者，旧厝前后邻居还各有一位，叫秋蕊的女生老是漫游翻捡垃圾，另一塌鼻黄发赤脚女，总让我们一群猴死囡也害怕又兴奋。

这些个人的记忆琐碎，不值得一书再书，虽然它们确实与我一己的生命始源焊接一起，无从剥除。

我曾好奇使用 Google 地图的街景功能，想要一窥老家。早已尸骨无存。那条有着扶桑树篱与一棵莲雾大树的巷子也完全异样或移除了，游标果然如武陵人再找不到髣髴若有光的桃源入口。我昔日的上学路拓宽为四线道，分隔岛栽着瘦小树木；奠安宫进化成一座好巍峨的金碧辉煌大庙，遍镇的肉圆店几乎可组一只篮球队。记忆底片确定成为绝版古物，故乡等同异乡。

若祖父母得到复活一日的机会，他们会是如何反应？记忆跳跃，上世纪末叶，我路经东京都郊区的五香小驿，行走寻常巷道，有如回到幼时的北斗，我恍惚于那神奇的瞬间。

而今，我不会再困于怀旧或那用滥了的乡愁，祖父拾骨后我未曾前去一拜，祖母骨灰甚至是放在山里名叫皇穹陵的地方。埋了亲人，走在祖父母的斗苑路，我在心中戏仿："啊，梦一样的大街，再也回不去的大街。"是现代化的必然，或是进步的代偿，殊途同归，一样的加盟店，一样的消费物，一样的硬件建设模块，规格化复制了的乡镇，没有放过一个角落，覆盖了故乡，灭绝了旧厝老家。虽然没有必然的因果，我钦佩父亲死后拒绝回乡的意愿。

北斗精准的闽南语发音其实是"宝斗"，源于原住民巴布萨族之东螺社 Dabale Baoata 的后半部。汉人得自文昌祠与斗六的灵感，"北斗魁前六星""南斗六北斗七"，巧易之。

岛与岛之间琐记

今年春节，在彼岸当上班族的好友回来过年，顺便告诉我，C君重病好一段时日，最近进了加护病房，是很罕见的一种怪病。既是罕见，治愈的机率不会乐观。好友点开手机的C君脸书，递给我看。久别重逢是以这样的方式。我心想，愿他渡过劫难，等过阵子找时间去探视吧。不到半个月后，好友越海峡传简讯来，C君当天使去了。

我惘惘地想着一九九五年我们结识在香港柴湾的仓库办公室，反潮严重的回南天，C君晚我两个月来就职，圆圆脸上很有神采的笑容。冰雪聪明且干练的他正趁着时潮向上窜升。

一九九五年，算是九〇年代的中间点，能够具体（而微）代表什么时代或个人的意义？"台北学运"、两德统一后五年？香港回归前二年？第一次地区领导人直选前一年？啊，绝对不可忘记其后的亚洲金融风暴给一九九〇年代的衰尾印记。（有意者请搜寻谷歌，维基百科分类详细条列了。）所谓"时代"，开足了马力往前直冲，能附骥尾跟上的是胜者，追不上的便是被损伤的败者是吧？一九九五端午，邓丽君猝逝清迈；中秋节前，张爱玲孤独死在加州。我的广东人房东,钢琴教师,忠实的小邓迷,每晚两眼泪汪汪追着电视新闻;看着才四十岁不扮靓、因为类固醇而臃肿的小邓,感叹:"唉,已经残了。"我想,我们这位小学就闯江湖卖唱的"台湾奇迹",不过长我七岁。

我一向排斥切蛋糕式的十进制法划分年代,就像几年级的世代分割,潜意识唯恐老之将至,赶快一起排排坐装可爱。爱因斯坦爱取笑人类的愚蠢,然而时间大河就像他眼中的宇宙无边无际,若不设法好像定航标、下锚,如何继续前行而不迷失?

一九八八年,台湾"报禁"解除,我辞职离开那宛如日本殖民地的广告公司不到半年,幸运地考进大报社当编辑。说幸运并非谦词,招考遴选设定了毫无经验者,从字体字级下标题、算字数拼版面学起。每晚上班第一个动作,检查浆糊分量是否足够,等着装在军绿帆布袋的新闻稿一落落进报社,稍后才是传真稿。即便一份编辑实务,从学到用,我也习得零零落落。那时岂会知道这些古早味的技术泰半是在淘汰前夕。我常是黄昏尾声第一个进办公室,争取较多时间整顿自己的焦虑,整层楼宽阔无隔间,桌上一叠白报纸,我迂腐又没出息的想到那四个字,人浮于事。那时,我迟迟不愿承认自己的畸零边缘性格,是无法在群体组织体制里与他人共事。

八十年代末,我以读书为名离岛浪荡了三年半,一九九二年初回返时,克林顿上台、奥黛丽·赫本病逝,我虽然好奇,立在看似没变的台北街头,还是不敢断言这两者透露了怎样的时代象征?之后那些年我不断搬家,正如我持续地质疑每一份工作,我犯的正是一般志在写作的人的通病，腹中空虚无故事，经验匮乏，虽然隐隐了解"文学要求精血的奉献，而又不保证其成功。"（郭松棻）还是执拗地一头栽进去，完全无惧来日会两头落空。

急着汰旧换新确实是彼时的潮势，是整个九〇年代的主旋律。借用米兰·昆德拉的用语，坏的旧东西，我们固然亟欲除之，其中是否还有好的旧东西呢？同理，我们急着张臂欢迎的新东西里哪些是天使？哪些是魔鬼？现在回头看，"解严"后的媒体、从平面到电波的解放热潮，即使驽钝如我也是受惠者。从七〇年代第四台草莽冒出，到有线电视合法经营，不到二十年时间，一门大好生意正式挂牌，台北上空仿佛爆裂了灿烂的新星。需要再二十年后，我们才会彻底觉悟，一如广设大学，过量的电视台根本是一场噩梦。

聘用我的电视台有个大梦，做华人世界的CNN。我凭着憨胆糊里糊涂在三月初飞去香港，报到第一天与一经理约在地铁站会合，一早下床气似的一张臭脸，开示我香港人时间就是金钱、一般人无得闲看电视，现阶段的节目也是只有台湾看得到。我了解是来做文字打工仔，什么华人的CNN与我无干。我更是对这完全城市化、资本化的港岛没有妄想。亲眼看着那一栋栋令人心生惧高症的高楼住宅，难免回想台北的房地产业老板不知死活的论调，比起香港，台湾房价太便宜啦，我们的豪宅也才半山、山顶的三分之一价。柴湾是小小港岛的边陲，我仰头看类似我们公宅的屋邨，楼墙上的铁架用来晾晒衣服，百家千户，如同旗帜遮蔽天空。我月租两千七百元港币分租顶多一席半榻榻米的房间，房东是个和善的大叔，内地移居来的，看到台湾新闻"立委"打群架，虽然白目但发自内心对我说，ㄞ[1]，将来是要统一的。

刚到的两个月，因为工作证尚未下来，我必须每半个月出境一次，也是到了香港，家里才让我知道母亲动了直肠癌手术做了肠造口。我抢在周五下班搭机回台赶搭"国光号"回台中，周日夜晚再返港。升降启德机场时，看着那的确只能以弹丸形容的香港，灯火一如炉炭旺烈，我总是庸人自扰的想，爱憎一座城市的基础是什么？然而落地桃园机场，回到自己的家园，毫无例外，第一感觉永远是、为什么灯光黯淡了一层？

每天重复做着琐碎补钉的文字工，偶尔随着外景队出去，钻石山、将军澳、西贡、雍雅山房，随侍港仔主持人更正他的普通话发音。傍晚我搭接驳巴士到杏花邨地铁站回铜锣湾附近的住处；冷清的月台，钢铁的酸味，我自作愁苦地想，这真是个令异乡人孤寂到骨髓的城市。王家卫那时期的《重庆森林》与《堕落天使》是最好的左证。等到铜锣湾一带的维园、百货公司、商场与街巷都被我走遍踏熟了，懂得喝冷或热柠檬可乐，在地铁的月台或出口的人潮通道偶尔出神，我自忖该拍拍屁股走人了。我以为可以获得的写作计划落空。

同时，仓库办公室开始流言，电视台大老板在找寻买家接手烧钱。一年后，再见到 C 君，他笑笑吐实，那时高阶经理人大家每天都在演戏。这个所谓的华人 CNN，好像商场的一档秀，炒高行情，趁着价钱好快转手卖掉。是以我们部门主管先一步逃跑。某大导演之妻

---

[1] 注音符号，对应拼音中的 ai。

是总监，非常海派的行事风格，每早跟着大家排队搭货梯，我记得她在一本杂志的专访，答说现在世界国不泰民不安，有什么好值得开心？我相信那是她的真心话。

张爱玲才死的中秋节那晚，为了悼念也因为节庆的关系各是一半吧，我们一群台籍打工仔，横过港岛，搭渡轮去到愉景湾，在那经过人工大力整顿的海滩，夜游到半夜，看游人放冲天炮焗烛油，各自心思浮晃，黑夜的大海颠扑不破，C君整晚笑吟吟。或者我们都想起那不好笑的笑话，看谁能撑到一九九七年看解放军进驻。

总计我当了整整六个月的香港过客，似乎来去匆匆也空空。异乡生活是写作的最好触媒，但我却给人一个印象：你那么讨厌香港。我只能心中辩驳，并非讨厌，过客时间太短促，我还来不及找到喜爱他的方法。我总记得杂志介绍，半岛酒店高楼层的酒吧厕所的精心设计，敞亮落地窗让人错觉是对着维多利亚港尿尿。多狡黠的城市玩笑。八年后因为书展再去，第一天我一人在港岛漫走了五六个小时，仍然觉得大太阳下自己像游魂。

香港或者是台北（说台湾未免过于浮泛）最好的参照，论先进、效率或摩登，台北一直是落后一大步因而显得悠缓有余，进而博得人情味的美名？回到台北，我继续频繁地搬家，直觉周遭伏流着一股未老先衰的疲惫。一九九八年台北市长选举大战，阿扁留下"无情的市民，伟大的城市"一句令人喟叹的名言。走在街头，放眼看过去，敌人还是盟友，一样容易找到，五十对五十的比例，所以我们早已展开了一场持久、不知伊于胡底的内耗战？

亚洲金融风暴刮得凶猛，我与前室友受不了移居曼谷友人的一再催促诱惑，快来快来，泰铢贬值等于给了观光客大折扣。凉爽夜晚，我们在胜利纪念碑附近的路边摊吃海鲜粥，友人、我怀疑他是画虎卵说，这里曾经爆发政府武力镇压抗议民众，好多死伤者就近安置在周遭的老饭店。我们且去了匹匹岛，看起来没有腹地的扁长小岛，日暮四望都是海平线，根本是在幻境。我们忘了正是世纪末的时间，想起香港回归前猝死的另一个C君，那样爽朗义气之人为什么暗藏死亡的引线直到爆发也不让我们知悉？我们更不可能预知六年后南亚大海啸，小岛将是死难现场。

　　无人的海岸，我一时不辨方位，不知眼前大海由何处可以航向我们的岛，海风如此舒爽，就像好友南方老家的海边，就像年少浪荡的任一海边，海潮与海风皆是同样的语言。无需任何额外的情绪，即使微微伤感与激动也是多余，我又想起离开香港前，在南丫岛山脊俯视那苍茫烁金海面算是南海吗？确实认知了此生不可能有第二个能够让我久居变成也是家乡的所在。时间，既匆促又缓慢的过去，二十世纪已到末梢，我们都是微尘芥子。

图书在版编目（CIP）数据

盛夏的事 / 林俊颖著. -- 上海：上海文艺出版社, 2019.8
ISBN 978-7-5321-7301-3
Ⅰ.①盛… Ⅱ.①林… Ⅲ.①散文集—中国—当代
Ⅳ.①I267
中国版本图书馆CIP数据核字(2019)第145375号

发 行 人：陈　徵
出 品 人：肖海鸥
责任编辑：刘志凌
装帧设计：好谢翔
内文制作：常　亭

书　　名：	盛夏的事
作　　者：	林俊颖
出　　版：	上海世纪出版集团　上海文艺出版社
地　　址：	上海绍兴路7号　200020
发　　行：	上海文艺出版社发行中心发行
	上海市绍兴路50号　200020　www.ewen.co
印　　刷：	苏州市越洋印刷有限公司印刷
开　　本：	890×1240　1/32
印　　张：	8.625
插　　页：	3
字　　数：	174,000
印　　次：	2019年8月第1版　2019年8月第1次印刷
ＩＳＢＮ：	978-7-5321-7301-3/I.5811
定　　价：	48.00元
告 读 者：	如发现本书有质量问题请与印刷厂质量科联系　T:0512-68180628